# 책방
# 사유

# 책방 사유

지혜를 사랑하는 사람들의 특별한 여정

추천의 글

올망졸망 다섯 아이가 머리를 맞대고 책상 위 종이 한 장을 뚫어져라 바라봅니다. 이윽고 '찾았다' 그리고 '까르르'. 무엇을 하나 했더니 숨은그림찾기를 하고 있습니다. 아이들의 숨은그림찾기처럼 이 책은 우리나라 곳곳에 숨어있는 특별한 책방과 보물 같은 책을 찾아보는 재미가 있습니다. AI와 디지털이 일상이 되어버린 요즈음, 하지만 세상을 움직이는 힘은 따뜻한 인간다움임을 믿습니다. 이 책에서 따뜻한 세상 이야기 그리고 마음의 온기라는 숨은 보물찾기를 시작하시기 바랍니다. 아이들처럼 큰 소리로 시우땅~!

_매곡초등학교 교사 김현미

책을 통해 책과 관련된 세상을 알려주는 책이다. 책이 있는 장소를 가고자 할 때 길잡이가 되어줄 수 있는 좋은 책이라고 생각한다. 더욱 좋은 점은 단순히 장소에 대한 설명을 늘어놓은 것이 아니라 책과 각 장소에 대한 분위기 등과 연관 지어 사색할 수 있게끔 유도한다는 것이다. 책을 통해 자신의 생각을 나누고 싶다면 고민 없이 이 책을 추천한다.

_대학생 이지택

종이책은 같은 책이더라도 어디에 있냐에 따라서 다른 책이 된다. 그 공간의 향기와 분위기, 책을 구매하며 책방지기와 나눈 대화는 책을 바꾼다. 이 책을 통해서 사람들이 종이책과 독립 서점을 꾸준히 찾는 이유를 다시 알 수 있었다. 우리는 서점에서 그 공간에 멈춰있는 시간을 느낄 수 있고 그 시간을 책으로 갖는 것이다.

_대학생 강지은

예쁜 표지와 매력적인 제목의 수많은 책들이 나에게 스스로를 소개한다. 그중에 내 마음속에 와닿는 책은 몇 권 되지 않는다. 나와 비슷한 책은 많지 않기 때문이다. 나는 특별하기에 특별한 책에 끌린다. 저자는 그 특별한 끌림들에 대한 성찰을 제공하고 있다. 나만의 목소리와 어울리는 책을 찾아 근처 서점을 찾아가 보고 싶게 만드는 글이다.

_독독한사람들 독서 모임 리더 신해인

펼치는 글

# 독립 서점, 나를 찾아오다

과거 대중교통을 이용하는 직장인들과 학생들의 손에는 항상 시집이나 도서 또는 신문이 들려 있었다. 사람들은 이동시간에나마 책이나 신문을 읽으며 세상의 소식을 접했다. 심지어 지하철에서 신문을 넓게 펴고 읽어서 옆 사람에게 불편을 끼치는 문제로 신문을 접어서 읽자는 공익 캠페인까지 있었다. 그때 그 시절은 영상이나 디지털보다는 문자와 종이가 익숙했다. 그러나 현대인들에게 과거의 그 추억을 소환하기란 쉽지 않다. 스마트폰으로 정보를 주고받는 사람들이 대부분이다. 현대인들은 손안에 있는 마법의 기계로 세계의 모든 소식을 접할 수 있고, 다양한 정보를 얻을 수 있게 되었다.

지하철에서 책이나 신문을 읽는 모습을 찾기 어려워진 시대의 변화가 어쩌면 이 책이 시작된 도화선이라고 보면 될 것 같다. 갈수록 줄어드는 독서의 시간. '가을은 독서의 계절'이라고 했던 말도 무색할 정도로 찾아볼 수 없는 문구가 되어가고 있다. 그 어디에서도 '가을'과 '독서의 계절'의 연관성은 찾아보기 힘들다.

주말이 되면 종로나 광화문에 있는 대형 서점에 자주 들른다. 그곳에는 아이들과 함께 책을 읽는 부모들도 쉽게 눈에 띄고, 데이트하는 연인들의 모습도 눈에 띈다. 그나마 대형 서점의 주말 풍경을 보며 그래도 아직은 책을 사랑하는 독자들이 많이 있다는 사실에 안도감을 느끼게 된다. 책을 사랑하는 사람들 중에는 독자로 만족하지 못하고 아예 직접 책방을 열어 책방지기가 된 사람들이 있다. 우리는 그런 곳을 찾아가기로 했다. 그렇게 독립 서점으로 발걸음을 옮기게 되었다.

이제, 책을 좋아하는 두 사람이 책의 가치와 서점의 존재 이유를 찾아서 여행을 떠난다. 책이 있는 곳이라면, 그리고 책을 좋아하는 책방지기가 있는 곳이라면 먼 길이라도 마다하지 않을 것이다.

'책 한 권 사기 위해 전국을 방문할 필요가 있을까?' 하는 생각이 들 수도 있다. 스마트폰으로 책 한 권을 주문하면 다음 날 아침 집 앞에 책이 도착해 있다. 물론 바쁜 일상에서 인터넷으로 책을 구매하면 시간을 절약할 수 있다. 하지만 책을 정말 좋아하는 사람들에게 서점은 또 다른 의미의 공간이다. 그래서 우리는 책을 좋아하는 사람들을 위해 책방을 따라 순간 이동을 하기로 했다.

가장 먼저 서울 근교에 있는 독립 서점을 찾았다. 그것은 시작에 불과했다. 어디로 갈지, 마음 가는 대로 정하고 걸음을 옮겼다. 책을 사랑해서 책을 소개해 주고 싶어 하는 사람을 만나러 가는 길은 언제나 설렜다. 독립 서점을 찾아가는 여정 속에서 많은 것을 보고 생각을 다듬을 수 있었다.

그 다음으로 서울 도심에 있는 자그마한 독립 서점을 찾았다. 인문, 자연, 예술, 공학 그리고 의학과 법학으로 정리되고, 다시 인문은 역사, 문학, 철학, 언어 분야로 구분되는 대형서점과는 달랐다. 독립 서점에서는 책방지기의 느낌대로 책이 큐레이션(Curation) 되어 있었다. 독립 서점이 처음이라 낯설기도 했지만, 책방지기의 느낌대로 배치된 책을 찾는 재미가 쏠쏠했다. 그렇게 독립 서점에 대해 하나씩 알아가게 되었다.

독립 서점. 우리는 왜 그곳에 가야 했을까? 종로와 강남에 가면 소위 없는 것이 없는 대형 서점에서 다양한 책을 만나볼 수 있는데 왜 낯선 길을 헤매며 골목골목 작은 서점을 찾아간 것일까? 그 이유를 알아내는 것이 우리가 이 책에서 찾아야 할 여행 종착지의 모습이다.

우리는 '스포일러(Spoiler)'라는 말을 자주 사용한다. 영화를 아직 관람하지 않는 사람들에게 이야기의 주요 내용이나 결말을 미리 알려줘서 흥미를 빼앗아 가는 사람이나 글에 사용되는 말이다. 이 책에서는 '독립 서점을 찾아간 이유'에 대해 미리 스포해 주고 싶다. 그곳을 찾은 목적은 단순했다. 책을 좋아하는 사람들과 책방지기를 만나고 싶었기 때문이었다. 그들은 왜 영상과 미디어 시대의 변화에 편승하기보다 문자 시대로 되돌아가고 있는지 궁금했다.

직접 방문해서 이야기를 나누어 보니 그들은 작은 서점에서 꿈을 일구고 있었다. 그리고 그들은 책을 찾아오는 사람들에게 쉼의 공간을 제공하고 싶어 한다는 공통 분모를 가지고 있었다. 무엇보다도 책방지기의 순수함과 책을 사랑하는 마음을 모든 서점에서 찾아볼 수 있었다.

때로는 책방지기를 만나지 못해 서점에 방문한 다른 사람들과 이야기를 나누거나, 책방지기를 만났지만 그가 너무 분주해서 많은 이야기를 나누지 못한 일도 있었다. 그럴 때는 그곳의 느낌만 담아와야 했다. 이 책을 읽는 독자들이 책에 소개된 독립 서점에 꼭 한번 들렀으면 하는 바람이다. 어쩌면 더 많은 이야깃거리를 풍성하게 만나고 올지도 모르겠다.

독립 서점 여행의 또 다른 목적은 '나를 찾아서' 떠나는 여행이었다. 도심 속에서 바쁘게 살아가는 현대인에게 '자아'라는 존재의 의미는 무엇일까? 이른 아침 지하철에서 하루를 시작하여 다시 지하철을 타고 하루를 마감하는 사이에 나의 참모습은 어디에 두고 다닐까? 나는 나를 찾기 위해 독립 서점을 찾았다. 그곳에서 우리는 자신을 발견하게 될 것이다. 자유, 사랑, 재회, 공감 그리고 추억과 여행까지 이 모든 것들을 소환하기 위해 이제 그 첫 단추를 끼워 본다. 독립 서점, 그곳을 찾아서.

김광연

차 례



## 쉼 이 있는 공간

## 여행 하는 공간

## 소통 하는 공간

## 생각 하는 공간

PHILOSOPHOS

# THINKING TRAVEL

# 쉼

그대가 오랫동안 책 속에 파묻혀

구하던 지혜

펼치는 곳마다 환히 빛나리

이제는 그대의 것이리

_헤르만 헤세

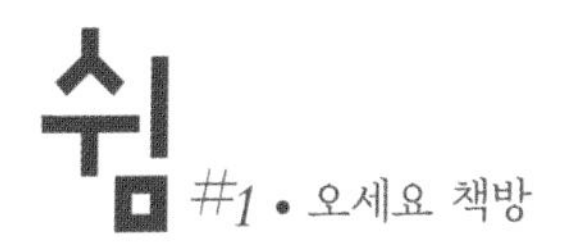


# 책과 함께 사람들의 이야기가 쌓이는 곳

큰 식당과 카페, 실내 포차 사이에 있는 작은 서점. 이런 장소에 서점이 있다는 것이 신기하면서도 걱정이 앞섰다. 책방 운영은 잘 될까. 분위기 좋은 카페가 넘쳐나고, 책을 찾는 사람들은 급격히 줄어드는 요즘. 대형서점도 아닌, 동네에 있는 이런 작은 서점을 찾는 사람들이 있을까.

일단 문을 열고 안으로 들어섰다.

이곳은 경기도 화성시 동탄에 있는 〈오세요 책방〉. 화창한 주말 오후의 햇빛이 통창으로 비치고, 서가에는 책들이 가지런히 정렬되어 있었다. 흘러나오는 음악에 귀 기울이며, 서가에 꽂힌 책들을 조용히 둘러보았다.

책과 커피

오세요, 책방
커피
합니다

이곳의 책방지기가 진열해 놓은 각각의 책들은 우리 삶의 여정을 생각할 수 있는 여지를 주는 듯했다. 책방 특유의 평온함과 고요 속에서 책 속에 담긴 이야기들을 꺼내 보고 싶은 생각이 들었다.

## 책방 소식지가 전하는 생생한 이야기

책방지기는 손수 만든 소식지를 보여주었다. 방문자들과 대화하는 소리가 들리는 것 같을 정도로 내용이 생생했다. 그의 시시콜콜한 생각도 담겨 있었고, '오세요, 책방의 라디오'에 보내온 사연을 통해 손님들의 생각도 엿볼 수 있었다.

그 안에 담긴 사연을 소개하고 싶다. 첫 번째 사연.

"안녕하세요! 저는 새로 맡은 업무에 능숙하지 못해 매일매일 실수와 실패를 쌓아가고 있습니다. 조금씩 Level up 되겠지 하는 마음으로 열심히 하고는 있지만 때때로 힘이 빠질 때가 많아요. 책을 추천해주신다고 하여(아주 사적이지만) 고민을 몇 자 써봤습니다. 역시 삶을 지탱하게 하는 것은 책이 아닐까 싶네요!"

책방은 작았지만, 그 안에 생각들이 서서히 쌓여가는 모습이 그려졌다. 그런 생각들이 시간이 지나면서 어떻게 바뀌게 될까. 책에 더해 사람들의 이야기를 채워 나가는 것이 이곳 <오세요 책방>이 띠고 있는 고유한 색채 같았다.

## 반 고흐의 삶에서 본 이해의 방식

우리는 어떤 대상을 볼 때 지나치게 내 입장에서 편협하게 보거나 해석하는 경우가 종종 있다. 어느 분야에서 오랜 시간 일한 경험과 전문적 지식으로 뭉쳐있다면 더욱 그럴 수밖에 없다. 이곳에서 만난 책은 나와 마주하는 대상에 대해 생각할 수 있는 기회를 주었다. 바바라 스톡 저자의 『반 고흐와 나』라는 책이다.

이 책을 고른 이유는 고민하고 싶은 문제나 생각하고 싶은 문제가 있을 때, 또는 삶의 갈림길에서 길을 찾고자 할 때 지혜와 위로를 찾아

줄 수 있는 책 동무를 만나고 싶었기 때문이다. 책을 만나 공부하는 것도 아니고 정답을 찾는 것도 아닌 단지 친구를 만나듯 책과 가볍게 만나는 여정이 되었으면 했다. 이 책을 읽으면서 새로운 친구를 찾아간다는 설렘까지 덤으로 얻게 되었으니 아주 좋은 선택이었다.

이 책에 등장하는 반 고흐는 자신이 마주하는 대상을 어떻게 이해했을까? 그에 대한 실마리를 '반 고흐는 자연과 자신의 일에서 평안과 위로를 찾았다'라는 문장에서 찾을 수 있다. 반 고흐가 대하는 대상은 지극히 단순했지만, 그 단순한 대상에서 의미를 찾은 것이다. 늘 같은 사람을 마주한다고 해도, 매일 오고 가는 길이어도 의미를 부여하기 나름이다. 어쩌면 일상에서 마주하는 그 대상들이 특별한 대상이 될 수 있는데도 우리는 매번 화려하고 멋진 대상을 찾고 있지는 않을까?

반 고흐의 작품은 이와 정반대였다. 그가 그린 그림들은 자연과 그 주변에서 마주하는 상황으로부터 만들어졌다. 어떤 특별한 장소, 재료, 대상들에서 작품을 완성하지 않았다. 오히려 평범한 대상에서 특별함을 만들어 냈다. 그런 점 때문에 그의 작품에 사람들은 열광하는 것이다.

우리는 수많은 대상을 마주하면서 살아가고 있다. 안타깝게도 그 대상이 주는 특별함을 발견하지 못한 채 습관처럼 오늘을 살아가고 있다. 자신 앞에 놓인 그 대상들을 있는 그대로 마주하면서 살아갈 때 반 고흐가 느낀 일상에서 오는 '위로'와 '만족'을 누릴 수 있다.

## 소소한 일상에서 특별함을 포착하는 자세

그렇다면 나는 어떤 대상을 찾고 있는가? 우리 앞에 있는 대상들을 보면서 무엇을 느끼고 있는가? 우리는 다른 사람의 삶을 보면서 무엇을 찾고자 하는가? 너무 멋지고 위대한 삶의 방법이나 대상을 찾았던 것은 아닐까?

단지 일상에서 대면하는 대상들에서 자연스러운 삶을 발견할 수 있어야 한다. 과거를 회상하면서 후회한다고 다시 돌아오지도 않는다. 그렇다고 앞으로 일어날 일에 대한 허망한 기대감도 크게 도움이 되지 않는다. 그런 기대감은 큰 실망감으로 돌아올 뿐이다. 우리는 삶의 대상을 마주하면서 도망치거나 불만을 가질 필요는 없다. 그 대상을 지금 보이는 모습 그대로 바라보면 된다.

이 책의 저자는 반 고흐를 회상하면서 소소한 일상을 대면하는 데 관심을 두게 되었다. 반 고흐는 위대한 화가가 되겠다는 일념(一念)으로 그림을 그린 게 아니라, 현재 자신이 하는 일에 집중하는 데 초점을 두었을 것이다. 나는 현재 마주하는 대상을 통해 성공의 방법을 찾고 있는지 모르겠다. 이와 달리 반 고흐의 시선은 단순했다. 그는 앞에 있는 대상을 있는 그대로 받아들이고 특별함을 포착해 하얀 도화지에 표현했을 뿐인데 훗날 사람들이 존경하는 화가가 되었다. 어쩌면 지금 나에게 필요한 것은 바로 그런 태도일지도 모른다.

# 쉼을 찾아 날아드는 그곳

차를 몰고 한적한 국도를 달리다가 야트막한 언덕으로 올라가면, 전원주택들이 옹기종기 모여 있는 예쁜 마을이 나타난다. 숲으로 둘러싸인 마을의 초입에 붉은 벽돌집이 있다. 울타리에는 〈단비책방〉이라는 작은 팻말이 걸려 있다. 주차를 하고 책방 앞에 서서 언덕 아래를 내려다보니, 시야가 탁 트이면서 산과 밭, 하늘이 한눈에 들어왔다.

〈단비책방〉은 입구부터 감탄사가 나왔다. 아름답게 잘 가꾼 정원을 가로지르니 책 속의 한 장면으로 들어가는 것 같았다. 정원 곳곳에 색색의 수국과 장미가 피어 있는 자태는 주인장의 세심한 정성을 저절로 느끼게 해 주어 한동안 머뭇거리며 안으로 들어섰다.

정원에서 안쪽으로 걷다 보면 통유리로 된 별관이 있다. 별관 실내는

단비책방
DANBI BOOKS
OPEN 10 am - 07 pm
CLOSE MON, TUE (월,화)
@danbi_2018
Danbi's Garden

약 5평 정도였고 약간의 책이 있었으며 공방 같은 분위기로 꾸며져 있었다. 별관에서 밖을 내다보면 낮은 구릉지대가 앞으로 펼쳐지는 모습이 프랑스의 어느 시골 마을에 와 있는 듯한 기분 좋은 착각이 일게 된다.

처음에는 별관이 책방의 전부인 줄 알았다. 평소 미리 서점을 검색하고 가는데 그날은 바로 책방으로 향했던 터라 정보가 별로 없었기 때문이다. 그런데 별관 우측으로 붉은 벽돌로 지은 건물이 보였다. 잔디 위의 디딤석을 따라 걸어가니 그제야 〈단비 책방〉 문패가 걸린 본관이 눈에 들어왔다.

안으로 들어선 순간 정면의 작은 창문으로 햇빛이 밝게 들어오면서 잠시 무대의 주인공이 된 듯했다. 내부는 섬세하게 잘 꾸며진 공간이었

다. 책의 위치, 그 안을 비추는 조명, 채광도 과하지 않고 자연스럽다. 이렇게 외딴곳에 이토록 아름다운 책방이 있다는 것이 의아할 정도였다.

## 정원박람회 초대장을 받다

이곳은 정원박람회에 와 있는 듯 마음이 설레는 곳, 부자연스럽게 힐링을 만드는 곳이 아니라 자연스럽게 힐링이 흘러나오는 곳이었다. 그곳에서 흰색 하드커버 책들을 발견했다. 책이라고 하기에는 조금 조잡한 표지를 보면서, 아이들이 연습 삼아 그림을 그리고 글을 쓴 책으로 생각했다. 책방지기로부터 그 책의 배경을 들을 수 있었다.

책은 충북 영동에 있는 매곡초등학교의 전교생이 참여하는 글쓰기 프로젝트의 결과물이라고 한다. 일명 '북적북적 작가되기 프로젝트'였다. 아이들은 생각과 느낌을 표현할 수 있는 경험을 하고, 책 판매 수익금은 구호단체에 기부한다고 하니 인성교육의 기회까지 더하고 있었다. 학교와 책방지기의 인연을 듣고 있으려니, 순간 가슴 언저리로부터 무언가 북받쳐 오르면서 머리가 쭈뼛쭈뼛 치솟는 기분을 느꼈다. 이 책이야말로 책방 여행에서만 만날 수 있는 책이 아닐까 싶어서. 내가 독립서점을 다니는 이유가 이런 책들을 발견하면서 다양한 생각의 기회를 얻게 된다는 점에 있었으니까.

나는 이 책방을 이렇게 표현하고 싶다. '벌이 꽃을 찾아 날아들 듯이 이곳은 사람들이 쉼을 찾아 날아드는 책방'이라고.

## 세상에서 단 하나밖에 없는 책을 만나다

이 책 『내 마음의 날씨』는 세상에 단 하나밖에 없는 책이다. 저자는 이채현 학생이다. 책의 분량은 22페이지 남짓이고 그림일기 형식이다. 책의 완성도를 따질 필요는 없다. 저자의 생각을 잘 정리해 주었고, 특히 순수한 마음을 그림과 글로 솔직하게 표현하고 있다는 게 중요했다.

저자는 제목처럼 '마음의 날씨'를 요일별로 표현했다. 학교생활과 친구들과의 관계 속에서 느끼는 마음의 변화를 구름, 해님, 비, 바람으로 묘사했다. 마음에 대한 연구는 수천 년의 역사를 가지고 있다. 철학에서도 데카르트를 비롯해 심신에 대한 연구를 오랫동안 해오고 있지만 지금도 '마음'이 어디 있는가에 대해 의견이 분분하다. 데카르트는 마음이란 육체와 구별되는 것으로 보았고, 그에 비해 스피노자는 정신과 육체를 동일하게 이해했다. 인간의 정신이 육체를 지배하느냐 아니면 하나의 개체로 보는가에 따라 차이를 드러냈다.

이렇게 복잡한 문제를 이채현 학생은 단순하게 정리해 주고 있다.

"구름은 마음의 평범함이고, 해님은 숙제를 잘해서 선생님으로부터 칭찬받은 것, 비는 학교 친구들이 과자 파티한다는 것을 알려주지 않아서 좋지 못한 마음이고, 계속 비는 마음이 풀리지 않았는데 친구들과 계속 사이가 좋지 못한 것이고, 바람은 그 일로 인해 새로운 마음의 다짐이었다."

저자는 학교생활에서 오는 마음의 변화를 기록했고, 마음을 움직이는 요인들을 외부적인 것과 내부적인 것으로 구분했다.

초등학생의 서툰 글일 수 있지만, 자신이 느끼는 감정을 재미있게 표현했고, '마음'의 회복을 위해서 어떤 행동을 해야 할지 생각하게 해준다.

우리도 어떤 원인이 마음의 변화를 일으킨다는 것은 어느 정도 알고 있다. 마음에 좋지 않은 영향을 주는 원인을 방치하게 된다면, 상처만 남을 뿐이다. 간혹 인간관계에서 상처를 주고받는 경우가 있는데 그럴 때 이 책의 저자처럼 기록으로 남겨보면 좋겠다. 나의 마음이 상대방의 실수로 인해 어떤 상태에 있는지, 그리고 나로 인해 상대가 어떤 마음

상태에 있을지. 마음의 날씨로 표현한다면 어떻게 표현해 볼 수 있을까? 자기중심적인 생각에서 벗어나 상대의 마음 상태까지 가늠해 보는 것이다.

이렇게 기록이 차곡차곡 쌓이다 보면, 앞으로 겪게 될 마음의 날씨도 예측할 수 있지 않을까?

# 쉼

#3 • 빛나는 친구들

## 작고 빛나는 공간, 반짝이는 사람들

번잡한 거리에서 벗어나 부천여고에 다다르니 바로 앞에 <빛나는 친구들>의 간판이 보였다. 유리창으로 서점 안을 들여다보니 손님들이 둘러앉아 시끌벅적하게 대화를 나누고 있었다. 그들을 방해하고 싶지 않았지만 가깝지 않은 곳을 방문한 터였다. 사실 독립 서점을 방문하면서 그냥 돌아온 적이 여러 번이었다. 서점 일정을 확인하지 않고 무작정 찾아갔던 바람에 책방 문이 닫혀 있거나, 책방지기를 만나지 못한 채 발걸음을 돌린 경험이 있다. 그래서 문이 열려 있는 독립 서점에 가면 꼭 책방지기와 이야기를 나누고 싶었다.

## 시간이 흐를수록 빛나는 책방

책방지기가 한가해진 틈을 타, 어떻게 독립 서점을 하게 되었는지 물어보았다.

"어쩌다 보니 여기까지 오게 되었어요."

책방지기는 농담처럼 말하더니 이내 자신의 진심을 이야기했다.

"예전에는 책을 너무 함부로 대했었어요. 그때 왜 그렇게 책을 버렸는지 지금 생각하면 정말 죄책감이 들어요. 책에 대한 미안함, 책을 함부로 버린 미안함이 이곳의 첫 출발이 아닌가 싶네요."

그녀의 말을 듣고서 이 서점이 왜 <빛나는 친구들>인지 알 수 있었다. 책을 함부로 대했던 과거를 후회하는 모습 속에 책방지기의 순수한 마음이 빛나고 있었다.

책방지기가 이곳은 밤에 와야 더욱 멋지다고 했다. 어둠이 서서히 내려앉으면 더욱 빛을 발한다고. 밤의 〈빛나는 친구들〉을 만나고 싶었지만 아직 해가 중천에 떠 있어서 그러기 어려웠다.

책방지기는 흔쾌히 밤에 찍은 사진을 보내주겠다고 했다. 나중에 받은 〈빛나는 친구들〉 사진은 한 장의 엽서 같았다.

## 동네 이웃과 함께하는 서점

서점을 이리저리 둘러보다 노란색의 표지가 눈에 들어왔다. <빛나는 친구들>과 어울리는 아담한 모습의 작은 책방이 그려진 『낮 12시, 책방 문을 엽니다』라는 책이다. 이 책은 동네 책방 이야기를 구수하게 담아내고 있었다. 저자는 동네 서점을 만드는 여정을 소개했다. '어쩌다 서점'이라는 문구로 시작된 책방 이야기, 우여곡절 끝에 자신의 자그마한 공간을 만들어 가는 내용을 담고 있었다.

저자는 '이웃과 함께하는' 서점을 꿈꾸었다. 대형서점에서 찾아볼 수 없는 구수함이 녹아 있는 동네 서점의 이야기는 오늘 만난 <빛나는 친구들>과도 퍽 닮아있다. 동네 책방에서는 나의 이야기를 말할 수 있고, 나의 이야기를 들어준다. 어쩌면 우리에게는 이런 작은 공간 하나가 필요할지도 모른다. 그런 공간은 이곳, 동네 서점이 아니면 만날 수 없지 않을까?

## 도심 속에서 찾는 나만의 공간 감수성

복잡한 도심에서 생활하는 현대인들에게 공간은 어떤 의미를 던져주는 걸까? 도시에 거주하는 대다수의 사람은 거대한 공간에서 주로 시간을 보낸다. 대형 쇼핑몰과 백화점, 대형 서점 등 그것이 오프라인이든 온라인이든 우리는 대형의 공간에서 시간을 할애한다.

물론 대형 공간이 나쁜 의미로만 다가오는 것은 아니다. 그 크기만큼이나 다양한 욕구를 만족할 수 있는 가능성이 높다. 많은 물품과 서적 그리고 다양한 제품들이 전시되어 있어서 소비자 측면에서 보면 나쁠 것은 없다. 그래도 도심의 이런 대형 공간에 익숙한 우리들이 혹시 무언가를 놓치고 있는 것은 아닐지 우려가 드는 것도 사실이다.

무엇보다 누군가를 만났을 때 대형 커피 매장이 즐비하게 늘어서 있고 여러 사람들이 모여 있다 보니 조용한 분위기에서 자신의 이야기를

털어놓기란 쉽지 않다.

어릴 적 방학 동안 시골의 할아버지 할머니 댁에 가면 동네 사람들이 뜨거운 햇빛을 피해 앉아서 이야기 할 수 있는 작은 공간들이 많았다. 겨우 4~5명이 앉을 수 있는 테이블에 먹을 것이라고는 참외와 수박 몇 조각에 불과했던 그 공간에서 동네 사람들은 자신의 속내를 털어놓곤 하던 그 모습. 어린 나는 그 이야기가 무슨 내용인지도 모르고 이제는 기억나지도 않지만 그때의 기억은 여전히 따뜻하게 남아 있다.

도심 아파트와 오피스텔에서 사는 현대인들에게 자신만의 작은 공간은 어디에 감추고 있는 것일까? 어쩌면 자신이 살고 있는 그 공간이 전부는 아닐지, 다른 누구와 이야기할 수 있는 동네 서점과 같은 그 공간은 어디에 있을까? 어쩌면 독립 서점은 책을 파는 곳이라기보다는 동네 사람들이 아니 멀리서도 찾아와 자신의 이야기를 들려주거나 또 다른 자신들의 이야기를 듣고 싶어 하는 그런 곳이 아닐까 싶다. 도심에서 빛나는 작은 공간, <빛나는 친구들>이 떠오르는 시간이다.

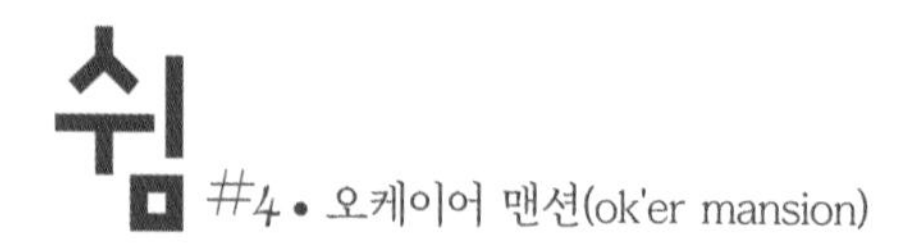


# 책과 식물 속에서 숨쉬는 곳

홍대에서 조금 걸어가면 마포구 와우산로 즉, 상수동이라는 핫 플레이스가 나온다. 상수역에서는 불과 4분 거리인 카페거리 안에 독립 서점이 있다고 한다. 사전에 SNS와 인터넷에서 검색했을 때, 가장 가고 싶다는 욕구를 불러일으켰던 곳이다.

나는 합정역에서 내려 무작정 지도 앱을 켜고 좇아갔다. 골목골목 작고 예쁜 카페와 음식점들에 정신이 팔렸다. 마치, 참새가 방앗간을 지나치지 못하는 것처럼 말이다. 그래도 책방을 먼저 방문해야 할 것 같아서 무더운 햇살을 뚫고 서점으로 곧장 달려갔다.

골목을 헤매다가 지도 앱에서 근처에 다 왔다는 화살표를 보고 마음을 쓸어 담을 수 있었다. 멀리서 카페와 같은 예쁜 간판이 보였다.

바로 오늘의 주인공 오케이어 맨션(ok'er mansion)이다. <오케이어 맨션>은 2층에 자리 잡고 있었다. 다양한 책과 함께 카페의 여유까지 챙길 수 있는 공간이었다.

## 무한 긍정의 마음을 담은 이름

이곳을 방문하게 된 이유를 책방지기에게 설명했다. 말이 채 끝나기도 전에 그녀는 나에게 생수에 얼음을 넣어서 한 잔 건네주었다. 더위를 바로 가시게 해 준 시원한 물 한 잔에 이곳 서점의 모습을 독자들에게 잘 전해주어야겠다는 생각이 드는 걸 보니 나도 어쩔 수 없이 인정에 끌리는 사람인가 보다.

책방 이름에 담긴 뜻이 궁금했다. <오케이어 맨션>, 오케이도 아니고 '오케이어'가 뭘까? 미국 주간지 <뉴요커>에는 '오케이어(OK'er)라는 직책이 있다. 기사에 실리기 전 원고를 미리 확인하고, 교정과 감수를 최종 책임지는 자리이다. 자신의 삶을 잘 살피고 책임져야 한다는 의미가 숨어 있는 것 아닐까 짐작해 보았다. 책방지기에 물었더니 이곳에 들르는 사람들이 긍정의 마음 즉 '오케이(OK)'를 자주 사용하는 사람이 되기를 바라는 마음으로 지은 이름이라고 한다. 개인적으로는 짐작했던 의미보다 훨씬 마음에 들었다.

책방지기는 마케팅 분야에서 일하면서 자신의 오랜 꿈을 잊고 있었다고 한다. 어릴 적부터 문학에 관심이 많았고, 용돈을 차근차근 모아서

# ok'er mansion

동네에 하나뿐인 서점에 가는 것이 가장 큰 행복이었다. 마케터로 일한 지 10년이 지난 어느 날, 그녀는 어른이 되면 서점을 열겠다던 꿈을 떠올렸다.

2022년 9월, 상수동에서 그녀는 꿈을 이루었다.

## 책과 푸르름 그리고 위로

이곳에서 느낀 가장 큰 매력은 '오케이어'라는 긍정과 위로가 넘치는 분위기 속에서, 그리고 책과 식물의 푸르름에 둘러싸여 한 잔의 맛있는 커피를 마실 수 있었다는 점이다.

서점 안에는 화분과 화병이 많은 공간을 차지하고 있었다. 식물의 종류는 다양했는데, 블루스타 고사리도 보였고, 몬스테라도 자라고 있었다. 고사리류는 매일 물을 주어야 한다. 잎에 물기가 없으면 바짝 말라서 타들어 가는 듯 시들고 만다. 정말 손이 많이 가는 식물인데 잘 자라고 있었다. 책방지기의 부지런함과 세심함이 식물의 잎에 새겨 있었다. 식물을 좋아하는 내게 이곳은 힐링의 장소였다.

이곳의 매력은 여기에서 그치지 않는다. 구매한 책의 서평을 남기면 기부금으로 적립하는 제도를 운영하고 있다. 고객이 책을 읽고 도서 서평 카드를 작성하면 장당 천 원을 적립금으로 모아 연말에 어린이 재단에 기부한다.

## 파란 활기와 희망을 느낄 수 있는 상수의 로마가 되기를

서점을 둘러보는데 흠뻑 빠져 이곳을 방문한 이유를 잊고 있었다. 책장에서 책 한 권을 꺼내 들었다. 『나의 파란, 나폴리』라는 책으로, 표지는 파랑과 하늘색의 교집합이었다.

저자는 나폴리를 가게 된 이유와 그 이국적인 모습을 자연스럽게 풀어나간다. 나폴리를 생생하게 설명해주어서 마치 그곳에 가 있는 듯한 기분이 들었다. 피렌체와 토스카나의 발도르차 평원, 이름만 들어도 신비감이 넘치는 폼페이 그리고 로마까지 그 어느 것 하나 놓칠 수 없는 순간을 글로 잘 표현했다. 이 책 한 권이라면 나폴리를 직접 여행하지 않아도 될 것 같다.

책 끄트머리에 나온 나폴리의 해안과 바다, 산 그리고 야경, 이 모두가 파란색으로 덧칠해진 풍경이었다. 파랑이 요동치는 나폴리였다. 파란색을 좋아한다는 저자가 왜 수많은 도시 중에서 나폴리를 여행했는지를 알 것 같았다.

내가 이 책을 선택한 이유도 책의 표지 색 때문이었다. 쨍하고 강렬한 파란색의 표지처럼 이 서점에도 파란 활기와 희망이 넘치고 있었다.

이곳 서점을 이탈리아의 도시에 비유한다면, 나는 〈오케이어 맨션〉이 작은 로마와 같은 느낌이다. '모든 길은 로마로 통한다'는 말처럼, 이제 나는 이곳을 통하지 않고서는 상수동을 이야기할 수 없을 것 같다. 이곳을 지나는 누구든 상수의 로마에서 차 한 잔을 마시며 책장을 넘겨

보면 좋겠다.

구매한 책의 책장 사이에 안개꽃이 꽂혀 있다.

책을 사면 책방지기가 그 자리에서 생화를 잘라 책갈피로 선물해 준다. 책장 사이에 꽂아둔 생화는 잊고 있는 사이에 저절로 책갈피가 될 것이다. 그 꽃이 다 마르기 전에 이곳에 다시 와야겠다. 사실, 마음만 먹으면 언제든지 올 수 있는 곳이다. 어느덧 책방지기가 따뜻한 마음으로 섬세하게 가꿔 놓은 서점을 남겨두고 자리를 떠야 할 시간이 다가와 있었다.

서점을 나와 도시의 회색빛 하늘을 바라보니 나폴리를 꼭 한번 가봐야겠다는 다짐이 든다. 아직 이탈리아에 가 본 적은 없다. 책에서 본 나폴리는 희망과 파랑의 도시였다. 내일이라도 당장 그곳으로 떠나 푸른 바다와 푸른 하늘 그리고 푸른 야경까지 갖춘 그곳에서 잠시 삶의 복잡함을 내려놓고 싶었다.

# 자연과 책, 그리고 잔잔한 일렁임

〈윤슬서림〉은 밖에서 보았을 때 세련되기보다 투박해 보였다. 그 흔한 간판도 없는, 개척이 덜 된 황무지 같은 곳이었다. 이것은 어디까지나 실내에 들어서기 전에 받은 인상일 뿐이다.

내부는 잘 정돈되어 있었고, 입구 쪽에 서점을 이용하는 방법, 책 구입 후 결제하는 방법 등이 적힌 종이가 붙어 있었다.

이곳은 무인으로 운영되는 서점이다. 무인 서점은 처음이어서 조금 낯설게 다가왔지만, 오히려 더 편하게 둘러볼 수 있었다. 손님들도 간간이 들어왔다. 나처럼 처음인 사람도 있었겠지만, 단골인 듯 익숙하게 이용하는 사람들도 많았다.

서점 곳곳에 책에 대한 소개, 특별 코너 등을 메모로 작성해서 안내하고 있었다. 그중에서 〈윤슬서림〉의 이름에 대한 설명을 특히 인상적으

TORI
ET
LOKITA

로 읽었다.

"바다, 강, 해, 달, 수풀, 글이 담겨 있고 무엇보다 잔잔한 일렁임이 스며들어 있어요. 자연과 책을 좋아하는 책방지기의 취향이 깃든 이름입니다."

비록 책방지기는 상주하지 않지만, 그 마음은 구석구석에 세심한 손길로 존재하고 있었다.

특이한 점은 누구나 책방지기가 될 수 있다는 점이다. 책장에 '타인의 서재'라는 메모가 보였다. 책방지기가 아닌 타인에 의해 큐레이팅이 된 서재다. '책방을 방문한 누구든 큐레이팅에 참여할 수 있고, 1개월간 전시된다'는 안내도 있었다. 미리 알았더라면, 나도 책 한 권 준비해서 큐레이팅에 참여했을 텐데 아쉬웠다.

## 무인이지만 사람의 온기가 느껴지는 서점

이곳을 둘러보면서 무인 책방에 대한 고정관념이 깨졌다. 책방지기는 만날 수 없었지만, 마치 거기 있는 것처럼 자연스러웠다. 책값을 이체했더니 얼마 지나지 않아서 문자가 도착했다. 현재 '정동진 독립 영화제' 자원봉사로 참여하고 있어서, 서점의 불편한 점에 대해 양해를 구한다는 내용이었다. 이곳은 누가 운영자이고 손님이라기보다 함께 운영되는 곳이라는 느낌을 받았다. 이용하는 사람들도 솔선수범해서 정리하면서 서로의 사정을 살피고 있었다.

전국에 셀 수 없을 정도로 많은 서점이 운영 중일 것이다. 서점 운영이 쉽지 않다는 것을 방문했던 몇몇 서점에서 간접적으로 느낄 수 있었다. 특히 인터넷 서점의 발달과 독서 인구의 감소로 문을 닫는 서점도 많다고 한다.

서점에 대한 사람들의 관심이 절대적으로 필요한 시기다. 물론 서점이나 책방은 공공의 목적보다 개인의 목적을 위해 운영하는 사업체다. 하지만 독립 서점은 마을의 '협동체'라는 의미로 다가왔다. 그 마을의 사람들이 모여서 글(文)을 만들고 문화를 공작해 가는 곳으로 느껴졌다. 우리는 상생하는 차원에서 동네의 좋은 문화를 지켜나가고 동반성장해 가는 장소로 지켜나가야 할 것이다.

## 동물들의 위대한 법정에서

이곳에서 찾은 책, 장 뤽 포르케 저자의 『동물들의 위대한 법정』은 지구상에서 사라질 위기에 처할 동물들이 법정에 소환되는 우화다. 동물들은 자신의 생존이 달린 문제를 사람들 앞에서 변론하고 있다. 동물들이 인간의 언어를 빌려서 호소하는 내용이 흥미롭게 다가왔다. 지구는 인간만이 사는 세상이 아니라는 저자의 메시지도 느껴졌다.

이 책 중간 부분에서 멧돼지와 재판장의 공방이 펼쳐진다. 우리 입장에서는 재미있지만, 멧돼지 입장에서는 생존과 관련된 것이다. '사람들이 집마다 멧돼지 고기를 냉동고 안에 저장하고 있다'며 그만큼 그들은 희생을 당하고 있기 때문에 보호가 필요하다고 주장한다. 사람들이 여기저기 옥수수를 심어 그들을 유인하고 사냥해서 냉동고를 채운다는 것이다. 반면 사람들은 멧돼지로 인해 옥수수 농사를 망치기 때문에 유해 동물인데다 개체수도 많기에 보호할 필요가 없다는 의견이다. 양측은 다른 입장 차를 드러낸다. 멧돼지는 종족을 지키기 위함이고 사람들은 경제적 피해를 줄이기 위함이다.

이 재판은 동물들에게 무척 불리하다. 결과는 이미 나온 듯한 분위기다. 그럼에도 동물들은 우리에게 답변을 요청하면서 퇴장한다. 우리는 어떤 답을 동물들에게 주어야 할까? 참 어려운 부분이다. 과연 우리에게 동물들의 생존권을 결정할 수 있는 권리가 있을까? 지구상의 모든 생명체는 생존할 자유가 있다. 그 누구에게도 다른 종의 생명을 결정할 수 있는 권한이 부여되지 않았다. 물론 동물들에게도 마찬가지이다. 하지만 우리는 우리의 필요를 위해서 힘없는 동물들을 무참하게 도살하거나 동물들에게 희생을 강요한다. 심지어 전 세계 식량 공급이라는 명목하에 잔인한 방법으로 생명을 끊기도 한다. 이런 공존이 옳다고 봐야 하는가? 적어도 인간과 동물이 '지구에서 공동거주자'로서 생존하는 방법에 대해 동물들에게 빠른 기한 내에 답변을 주어야 한다.

## 지구 안에서 공존, 상생하는 삶

이 책은 동물, 환경 보호라는 담론을 우리에게 주고 있다. 그리고 지구는 우리만의 세상이 아니라 '공동구역'이라는 것을 상기시켜준다. 기독교에서 언급하는 창조설에도 인간만이 존재하는 것이 아니라 동물도 함께 한다. 처음부터 인간만이 사는 세상이 아니라는 것이다. 그렇다면 동물들과 어떤 관계를 맺어야 할까?

오랜 세월 인간은 우리 외의 생명체를 열등하게 대우했고, 오직 우리가 동물들에 대한 소유권을 가지고 있다는 착각 속에 살아왔다. 심지어 관광객 유치를 위해서 아프리카의 한 국립공원에서는 차량을 이용해서 야생동물들의 영역을 침범하기도 한다. 그들의 사냥하는 모습, 터전을 지키기 위해 싸우는 모습 등을 근거리에서 촬영한다. 문제는 동물들의 터전을 그들의 허락 없이 침범하는 것이다. 지금도 우리는 개발을 위해 영역을 확장해 가면서 동물들의 삶의 터전까지 무너뜨리고 있다. 분명 자연이라는 울타리 안에 함께 생활하고 있으면서 독단적으로 결정하고 있다.

이제 우리는 동물들의 영역에 침범한 것에 대해 반성해야만 한다. 그리고 지구에서 공존하기 위해 상생을 모색해야 한다. 어느 한쪽이 희생당하는 것이 아니라 보호되면서 적절한 방법들을 찾아내야 한다. 결코 우리에게는 멸종할 것과 멸종 안 될 것을 결정할 권한이 없다. 단지 보호할 책임이 있을 뿐이다.

ps. 윤슬서림은 강원도 강릉시 임영로 138, 1층으로 이사했다. 이전의 장소가 지녔던 감성을 담아서 새로운 책방의 모습을 보여줄 것이다.

쉼 #6 • 잘 익은 언어들

# 잘 익은 언어와 경험의 집합소

전주를 방문하게 된다면 꼭 들러보길 바라는 독립 서점이 있다. 전주 시내의 한 주택가와 동북초등학교 인근에 자리하고 있는 <잘 익은 언어들>이다. 이름이 독특해서 호기심에 이끌려 찾게 되었다. 대중교통을 이용해도 되고 자전거를 타도 쉽게 접근할 수 있는 곳이다.

서점을 방문한 시각은 오후 1시쯤이었는데 사람들로 붐볐다. 서점은 1층에 자리했고 조명과 창가의 햇빛이 잘 어우러져서 마음이 환하게 열리는 느낌이 들었다. 벽면을 둘러싼 책장들은 배열이 잘 되어 있어서 처음 방문한 사람도 책을 쉽게 찾을 수 있었다. 중앙에 탁자가 있었는데, 선생님 한 분과 다섯 명의 학생이 책을 읽으며 이야기를 나누고 있었다.

이런 모습에서 평소 이 책방이 어떤 곳인지 짐작이 되었다. 책방 여행을 하면서 책방은 도서관과 다른 느낌의 공간이라는 것을 느낀다. 특히 책방은 관심사가 비슷한 사람들이 방문하니 서로 공감대 형성이 잘 될 수 있다. 그래서 엉뚱한 생각이겠지만 책방 같은 도서관이 생기면 좋을 듯하다. 큰 도서관도 필요하지만 '책방 같은 도서관'들이 만들어지면 쉽게 접근할 수 있어서 마을의 쉼터가 될 수 있을 것이다. 삼삼오오 모여서 소통할 수 있고 지나가다가 책방에 들러서 차도 한 잔 나누면서 책과 관련한 이야기나 지역의 이야기를 나누면서 세대가 소통하는 모습을 상상해 본다. 나는 이곳에서 이런 상상을 해보는 것이 무척 흥미로웠고, 사람들의 책 보는 모습과 대화의 소리에서 평소 느낄 수 없는 새로운 감정을 느꼈다. 책을 편하게 접할 수 있는 책방 같은 공간들이 다양하게 만들어지고 지역과 연계된다면 더 많은 상승효과를 만들어 낼 것 같다.

책방에서 눈에 띄는 사진이 한 장 있었다. 현재 책방이 있는 건물 사진과 함께 책방이 탄생한 배경에 대한 설명을 읽을 수 있었다. '작지만 따뜻하고 힘이 되는 책방의 가치를 키워 간다.'는 소개 글이 인상적이었다. 어쩌면 이 문장이 나의 가치에 대해서도 생각할 수 있는 여지를 주는 듯하다.

## 스치는 사람들의 흔적이 잘 숙성되는 공간

책방지기는 잠깐 방문한 사람을 격의 없이 대해주는 편안한 사람이

책
한 사람에 하나의 역사
한 사람에 하나의 별
70억 개의 빛으로 빛나는
70억 가지의 삶
우린 우리대로 빛나
우리 그 자체로 빛나
READ BOOKS
BUY LOCAL

었다. 카피라이터로 일하다가 책방을 운영하게 되었다고 한다. <잘 익은 언어들>이라는 이름은 '더 생각해 보고 이름을 숙성시켜보라는' 친구들의 조언에서 영감을 받아서 탄생하게 되었다고 한다. 책방 이름과 달리 자신은 '덜 익은 책방지기'라고 소개했다. 전직 카피라이터답게 언어에 대한 센스와 재치가 느껴진다.

계산대 왼쪽 벽면에 이런 문구가 보였다. '책방은 경험을 파는 곳입니다.' 책방은 책만 파는 곳이 아니라 사람들이 스쳐 지나가면서 남긴 흔적들이 쌓여서 언어로 돌아오는 곳이었다.

이런 문구는 아무나 만들어 낼 수 있는 것이 아니다. 언어가 무르익은 사람만이 가능한 것이 아닐까?

문득 이런 생각도 스쳐 지나갔다. '내가 책방 여행에서 경험한 것들을 잘 익은 언어가 아닌, 설익은 언어로 쓰고 있는 것은 아닐까?' 혹 다른

이에게 잘못 전달되지는 않을까, 하는 우려도 몰려왔지만, 이 순간도 경험이고 나를 숙성시키는 기회가 될 것이라고 위안을 삼았다.

책방지기로서 보람이 느껴지는 일은 아이들이 부모님과 함께 왔다가 나중에 아이 혼자 방문할 때라고 한다. 이 이야기를 듣기 전까지 책방이나 도서관은 아이들의 의사와 상관없이 부모님 손에 끌려오는 곳이라는 인식이 강했다. 책을 좋아하게 만드는 것이 아니라 공부하도록 만들기 위함이었다. 아이들에게 도서관 가라고, 책을 읽으라고 강요하지 말고 아이들에게 책을 가까이 할 수 있는 경험을 만들어 줄 필요가 있다. 아이들과 함께 책과 관련된 행사에 참여한다거나 동네 서점을 여행해 보는 것도 좋은 방법이다. 무엇보다 아이가 스스로 필요성을 느낄 수 있도록 기다려주는 여유가 중요하다. 이 조언은 전적으로 나를 위한 것이다. 이번에 방문한 곳은 덜 성숙한 나를 돌아보는 기회를 주었다.

## 인류 역사에서 투명함의 의미

거창하지만, 인류 역사에서 '투명성'이 강조되는 이유는 무엇일까? 지금의 우리 사회는 투명성이 상실됐을까? 한병철 저자의 책 『투명사회』를 읽으면서 여러 질문이 떠올랐다. 첫 번째 질문에 대해 저자는 '더 많은 자유'의 문제와 연관을 짓는다. 그 사회가 투명하다는 것은 어떤 통제나 규칙이 강하게 작용될 필요가 없다는 뜻이다. 만약 사회가 불투명하다면, 국가는 개인을 감시하기 위해 규칙들을 세부적으로 분화해서

BOOK
프루스트와
오징어
CONCEPT
WRITING

통제하게 될 것이다. 그렇게 되면 자연적으로 자유는 침해받을 수밖에 없다. 이 책은 이런 면을 독자들에게 상기시키면서 투명사회에 대한 의미를 전달해준다.

여기서 우리는 투명한 사회를 만들기 위한 우리의 역할을 생각해야만 한다. 개인이 아무리 투명하게 살아왔다고 해도 혼자만 깨끗해서는 안 된다. 근본적으로 나와 다른 이가 서로 신뢰가 있어야 투명한 사회를 만들 수 있다. 그 신뢰가 무너지게 되면 더 이상의 투명성은 의미가 없어진다. 투명한 사회의 기초는 개인의 내면으로부터 나오는 '정직함' 혹은 '신뢰'가 바탕이 되어야 한다. 이런 관계들이 올바르게 세워지지 않는다면, 저자의 언급처럼 우리의 자유는 처참하게 무너질 것이다. 결국 자유를 지키는 것은 통제, 조직, 법, 규칙, 감시 등이 아니라 우리 '자신'이 되어야 한다.

참 재미있는 점은 자신이 사회의 지도자나 리더로 선출된 것만으로 스스로를 투명하다고 착각한다는 것이다. 오히려 자신이 타인에게 더 정직하게 행동하고 있는지 점검할 필요가 있다. 이는 물론 특정 지도자나 리더만의 문제가 아니라 우리 모두의 문제이다.

모든 개인은 국가라는 조직의 통제를 받고 있다. 그런데 어떤 사건이 발생했을 때 기존 법에 명시된 것이 없어서 새로운 조항을 신설해야 하는 상황이 계속 발생한다. 왜 이런 일들이 계속 일어나야만 할까? 자신이 하면 용서가 되고 남이 하면 용서가 안 되는 함정은 왜 파는 것일까? 안타깝지만 이 책의 언급처럼 '시스템의 강제로 투명사회는 곧 획일적

사회가 된다'. 참 슬픈 표현이다.

## 개인의 정직함이 기초가 되는 사회

투명사회는 시스템도 법과 규칙도 아닌 개인의 '정직성'이 회복되는 것이다. 투명사회는 개인으로부터 시작되어서 국가로 흘러가는 시스템이 되어야 한다. 만약 그런 구조가 아니라면 통제의 울타리에서 지배받는 악순환이 계속될 것이다. 어느 한 사람만 투명성을 요구받게 된다면 투명하다고 말할 수 있을까? 투명성은 한 사람만의 노력이 아니라 모두에게 해당된다. 이처럼 투명사회는 개인의 정직함이 기초가 되지 않는다면 자신이 속한 사회가 투명한 사회라고 착각하며 살 수밖에 없다.

영화 「마약왕」에서 주인공인 송강호 배우는 이런 대사를 한다. "약쟁이는 약을 팔기만 해야지, 약을 해서는 망한다." 그런데 주인공은 마약을 하게 되면서 몰락한다. 자신이 세운 원칙을 무너뜨리면서 신뢰를 깬 것이다.

나에게 투명사회는 어떤 규제에 의한 것이 아니라 올바른 행위가 우선되는 사회다. 개인의 양심이 발휘된다면 '투명'한 사회라는 용어는 필요 없게 될 것이다.

## 책과 여행 그리고 취향

이번 서점은 공항 인근의 제주 시내에 자리하고 있어서 접근성이 편했다. 서점에 들어서자 마치 잘 정돈된 갤러리에 들어 온 느낌이 들었다. 깔끔한 실내 내부에서 책방지기의 취향을 어느 정도 파악할 수 있었다. 입구에 들어서면 왼쪽 벽에는 직접 찍은 여행 사진들이 멋지게 장식되어 있었고, 반대편으로 원목 소재의 낮은 책장들이 가지런하게 배치되어 있었다. 그리고 계산대 방향으로 작은 소품들이 모여 있었다. 창가 쪽에 테이블이 배치되어 있어서 책을 읽거나 차를 마시며 집중하기 좋은 분위기였다. 깔끔한 실내 분위기는 마치 소품 샵을 연상케 한다. 아주 큰 서점은 아니지만, 책방지기가 신경 쓴 부분들이 여기저기 잘 조화를 이루어서인지 책방과 여행, 소품이라는 타이틀이 잘 어리는 곳이었다.

다양한 서점을 만나면서 세련된 이미지들을 많이 접하게 되어 눈과 마음이 호강을 즐기는 것 같다. 특히 서점여행을 하면서 다양성의 의미를 깨닫고 있다. 인류가 시작할 때 동일한 정체성을 강조하면서 발전해 오다가 포스트모던(현대사회의 전환점)으로 들어오면서 '다양성'이 강조되었다. 그 다양성은 개인이 존중되는 사회였다. 그런 영향들이 우리 삶에 깊숙이 들어오면서 개인마다 개성이 잘 드러날 때 환영받게 되었다.

서점들은 이름, 지역, 운영 방식, 책의 취향이 다르지만, 책에 대한 애착이 공통점이었다. 그리고 더 중요한 점은 그곳의 공간이 지역 안에서 책 문화에 쉽게 다가갈 수 있도록 진화되고 있다는 점이다. 이렇게 서점들은 나름의 의미를 부여하면서 우리 곁으로 다가오고 있다. 나는 서점에서 서점으로 이동하면서 그 안에 담긴 의미들을 반추하고 있다. 이런 경험들은 나에게 무척 소중한 것이고, 필요했던 시간이었다.

## 책방에서 열리는 사진전

〈공항서점〉에서 특히 내 시선을 사로잡았던 것은 벽면의 사진과 일본 여행 지도였다. 마치 책방에서 열리는 사진전처럼 느껴졌다. 사진을 보면서 책방지기의 취미가 궁금해졌다. 아니나 다를까, 여행을 좋아해서 전문적으로 사진도 찍고, 그 사진을 서점에 걸어두는 것이란다. 특히 일본 여행 사진이 많았고, 아기자기한 소품들이 눈이 띄었다. 〈공항서점〉은 책도 볼 수 있고 사진도 감상할 수 있으면서 여행의 경

험도 나눌 수 있는 1석 3조를 누릴 수 있는 곳이었다.

나라면 사진을 찍어서 이렇게 가지런하게 정리해서 보여줄 수 있을까? 자신이 가지고 있는 내면의 경험을 사진으로 보여주는 것이 쉽지 않을 것 같다. 그런데 이곳의 책방지기는 이미지를 통해 그 장면을 간접적으로 경험할 수 있도록 안내해 주고 있었다. 그래서 사람들이 미술작품 전시회나 사진전에서 몰입하는 즐거움을 찾는 것이리라.

내가 방문했을 때는 그날의 책이 입고되기 전이었지만, 비치된 책 중에서 읽을 책을 추천받을 수 있었다. 책방지기는 단골손님들에게 필요한 책을 공급하는 공급자이면서, 동네에서 책으로 사람들을 불러 모으는 사람이기도 했다.

## 도서관에는 사람이 없는 편이 좋다

이 책 제목의 직설적인 표현대로 도서관에 사람이 없어야 하는 이유는 간단하다. 도서관은 책에 집중하는 곳이다. 책에 집중하는 이유는 자신과 조우(遭遇)할 시간이 필요하기 때문이다. 우리는 책을 읽을 때 지나치게 형식에 몰입하는 경우들이 많다. 예를 들면 저자와 관련해서 조사하고, 책의 내용을 분석하거나, 심지어 책이 주는 시사점을 현시점과 관련해서 비판하는 등. 물론 이런 방법이 꼭 나쁘다는 것은 아니다. 이런 방법들이 사고를 발달시키고 집중해서 책을 보기 위한 좋은 방법들일 수도 있다.

출처 : 공항서점 인스타그램

하지만 정작 중요한 것을 놓치고 있지는 않은지 살펴봐야 한다. 이 책『도서관에는 사람이 없는 편이 좋다』의 저자 우치다 타츠루는 본문에서 이 부분을 잘 언급하고 있다. '독서는 읽어가는 나와 다 읽은 나의 거리가 좁혀지고 그와 동시에 우리는 다 읽은 나가 느끼는 기쁨을 조금씩 앞당겨 맞이합니다.' 깊이 음미해 볼 만한 문장이었다.

이 책은 도서관의 기능과 책의 본질적인 기능은 무엇인지에 대한 질문을 던져주고 있다. 책을 읽기 전 나는 도서관을 단순히 건물의 기능으로 이해했고 개인의 목적에 맞는 공부를 하거나, 친구들과 함께 숙제하는 곳, 다양한 프로그램도 참여하면서 쉬는 곳이라 여겼다. 책은 내 생각의 근거 혹은 자료를 찾기 위해 읽는 것이라 생각했다.

책을 읽고 난 지금 나에게 다시 묻고 싶다. 이 책은 나에게 어떤 의미를 주었을까? 책의 내용 중에서 '서재의 역할은 침묵 사고'라는 내용이 인상적이었다. 어쩌면 이 문장이 모든 것을 대변해 준다. 우리는 도서관에서 정신없이 공부하고 책을 읽는 것이 아니라, 생각하고 또 생각하면서 자신을 깊이 있게 돌아보아야 한다. 나는 책 한 권을 읽어도 그 책을 통해 나를 얼마나 변화시킬 수 있는지에 집중하고 싶다.

## 나의 무지를 일깨워주는 책의 가치와 무게

나는 책과 관련해서 다양한 생각거리를 얻었다. 당연히 도서관은 사람이 모이는 장소인데 사람이 없다면, 왜 도서관이 존재해야 할까? 과연 도서관에서 책만 읽을 수 있을까? 만약 도서관을 찾는 사람들에게 개인 공부는 안 된다고 하면 어떤 반응이 나올까? 우선 이런 질문들을 뒤로 하고 우리는 도서관에 있는 책들 앞에서 '나'에 대한 유한성을 느껴보아야 한다. 수많은 지식과 경험, 삶의 지혜의 창고 앞에서 한없이 작아지는 자신을 발견하게 될 것이다. 비록 세상이 시장원리에 따라 대중적인 것에 치우쳐서 편식하는 경향이 있지만, 도서관은 책의 본래 가치를 전달하는 곳이 되어야 한다.

몇 해 전부터 책을 읽고 기록하는 앱(application)을 사용 중이다. 이 앱은 1년간 읽은 책을 잘 정리해 주고 독서 달력으로 정리해서 보여준다. 나는 읽은 책 목록을 보면서 상당히 많이 읽었다는 착각의 늪에 빠져들었다. 가족에게 1년간 목표한 책의 분량을 보여주면서 자랑한 적도 있었다. 그런데 이 글을 쓰면서 부끄러워지는 이유는 뭘까? 사실 책을 많이 '본 것'이지 '읽은 것'이 아니었다. 내가 읽은 책을 통해 타인에게 '난 이런 사람이야.' 하는 자기 과시에 불과한 것이었다. 가끔 도서관에 있으면서 이 책들을 다 읽어보고 싶은 욕심도 있었다. 하지만 이런 모습은 나의 무지함을 잘 드러내는 방증일 뿐이었다. 책을 읽고 있다면 자신을 성찰하면서 더욱 자신의 부족함을 깨달아야 한다.

책의 가치는 자신의 무지를 깨워줄 때 의미가 있다. 그 책들로 인해 겸허함을 배우는 시간이 되어야 한다. 책은 나에게 이런 메시지를 주고 있다.

## 책 읽기의 파란 물결을 일으키는 책방

길을 좀 헤맸다. 동네를 돌다가 더위에 지쳐갈 무렵, 때마침 길가에 내놓은 의자가 하나 보였다. 쉬었다 가고 싶어서 가까이 가 보니, 찾고 있던 <책방 파란>의 작은 표지판이 걸려 있었다.

이곳에는 어떤 책방지기가 있을까? 또 파란의 이름은 어떻게 만들어진 걸까?

기대를 안고서 문을 열고 들어가니 손님이 책을 읽고 있었다. 조용히 책방지기에게 인사를 건넸다. 책방지기가 환하게 웃으며 반겨주는 모습을 보며 그가 무척 긍정적인 성격의 소유자 같다는 인상을 받았다. 이곳을 찾아온 이유, 독립 서점을 찾아다니는 이유를 설명했더니 격하게 공감해 주었다.

책장을 둘러보니 익숙한 책들이 눈에 띄었다. 철학을 비롯해 정치학과 사회학 책들이 많은 걸로 보아, 책방지기의 관심사를 대충 알 수 있었다. 그는 인문학에 대한 애착이 남달라 보였다. 문학과 수필뿐만 아니라 인문학 도서들이 상당히 많이 서가에 꽂혀 있었다. 꽤 어려운 책들도 있어서 책방지기의 지적 저장 창고의 수준을 가늠할 수 있었다.

이곳을 방문하기 전부터 궁금한 게 있었다. 파랑이 아닌 파란은 뭘까? 서점의 인테리어는 진회색 기본 바탕에 매대의 파란색 장미꽃으로 포인트를 주고 있었다. 파랑과 파란의 또 다른 경계선이 무언지 궁금해서 책방지기에게 물었다.

책방지기는 예상대로 긍정적인 마인드를 가진 사람이었다. 여러 서점을 방문했지만, 손님을 편안하게 해주고 잘 맞이해 주는 책방지기들의

기억은 오래 남는다. 이곳 파란의 추억도 오래 남을 것 같다. 그가 선뜻 파란의 뒷이야기를 들려주었다.

그는 서점 이름의 '파란'은 '파란을 일으키다'의 '파란'을 의미한다고 설명했다. '파란'의 사전적 의미는 잔물결, 큰 물결이라는 뜻이다. 그리고 그는 원래 파란색을 좋아한다는 말도 살짝 덧붙였다. 강한 의지가 엿보이는 그를 보면서, 이곳이 광진구에서 책 읽기 물결을 일으키는 책방이 되었으면 좋겠다는 생각이 들었다.

이 파란 물결의 서점은 충분히 그러고도 남을 공간이었다. 책방지기의 긍정적이고 낙천적인 생각이 파란을 만드는 원천이 되어 줄 것이다.

끝으로 그는 이 공간을 다양한 책들로 꾸미고 싶다고 했다. 베스트셀러부터 고전까지 서점과 독립 서점의 두 가지 기능을 모두 갖춘 서점을 꿈꾸고 있었다. 왠지 그의 꿈이 꼭 이루어질 거라는 확신이 들었다.

## 파란 장미 옆 책 한 권, 관계의 말

이곳 서점에서는 유독 파란색과 보라색 표지의 책들이 눈에 많이 띄었다. 파란 장미와 가장 가까이 놓여 있는 책은 홍승은 저자의 『관계의 말들』이었다. 이 책의 표지 또한 보라색과 파란색이 섞여 있다. 서점과 어울리는 표지라서 그런지 바로 집어 들고 결제했다. 누구나 다 아는 이야기 가운데 하나가, '우리는 함께 살아간다'는 것이다. 그 쉽고도 어려운 이야기를 어떻게 풀어나갈지 책 내용이 궁금했다.

우리는 늘 타자와의 관계 속에서 살아간다. 이 책에서는 타자와의 관계에서 발생되는 여러 말들에 관해 말한다. 특히 우리는 외로울 때, 누군가와 어떻게 연결되었는지를 구체적으로 깨닫게 된다.

타자와 함께 살아간다는 것이 일상적이고 익숙하기에, '다른 누군가와 함께 살아간다'는 것이 어떤 의미인지 평소에는 깊이 생각하지 않는다. 하지만 그 순간을 알게 되는 시간은 누구에게나 한 번쯤은 다가온다. 익숙했던 누군가의 '떠남'으로 인해 홀로 남겨졌을 때 '내가 그동안 혼자가 아니었다'는 것을 느끼게 된다.

나는 어릴 적 할머니의 사랑을 많이 받았다. 그때는 외할머니의 사랑을 몰랐다. 그냥 할머니라서 당연히 모든 것을 희생해 주는 줄 알았다. 그런데 할머니가 돌아가신 뒤 시간이 서서히 흐르면서 부재의 빈자리가

크게 남게 되었다. 누군가 내 곁에 함께 하는 익숙함의 시간들 속에서 우리가 놓치는 것은 무엇일까?

가장 가까이에 있는 사람들이 가장 편하다. 그래서 그들과의 관계에서 상처를 주는 말을 툭툭 던진다. 가깝고 친하다는 이유만으로 그들을 쉽게 대하고 편하게 관계를 유지한다. 하지만 그 익숙했던 시간이 어느 순간 멀어지거나 사라졌을 때, 그 관계 속에 얼마나 많은 상처들이 녹아 있었는지 그제야 비로소 후회하게 된다.

우리에게 가장 가까운 사람은 누굴까? 부모님, 형제, 자매, 친구 그리고 또……. 그들과의 관계에서 우리는 어떤 말들을 주고받고 있을까? 그들에게 평소 상처를 준 행동이나 말들은 없었을까? 익숙한 관계에서 무심히 뱉어버린 말들, 그 말들을 조용히 떠올려 본다.

# 반려서점을 꿈꾸며

신촌과 혜화동의 대학로를 넘어서는 새로운 핫 플레이스가 급부상하고 있다. 바로 성수다. 이곳은 건국대와 한양대가 자리 잡고 있어서 젊은 대학생들이 많이 모이는 대학로다. 요즘 성수의 인기가 급부상하면서 인파가 어지간히 붐비는 모양새다. 그곳에 아주 예쁜 강아지와 함께 책을 사랑하는 책방지기가 있다는 소식을 들어서 무조건 성수역으로 향했다.

## 동물과 교감하는 책방

방학이라서 그런지 근처 대학생들이 많지는 않았다. 대신 타지에서 온 사람들로 붐비는 듯했다. 성수역에 내려 지도 앱을 켜고 오늘 가고

종의 기원
SUMER
도서상품권 사용 불가

NOT JUST BOOKS.

싶었던 독립 서점을 찾았다. 이전부터 길치로 유명한 나는 이리저리 돌다가 결국 이곳에 터를 잡고 계신 분들에게 길을 물었다. 낮 기온이 30도에 육박한 한 여름, 길을 찾는 게 그리 쉽지 않았다. 여기저기 돌다가 겨우 오늘 가려고 했던 목적지가 보이기 시작했다.

계단을 올라가는데 책방지기와 강아지 그림의 액자가 가장 먼저 눈에 들어왔다. 서점 문을 열자 그림 속의 강아지가 튀어나와 반겨주었다.

대부분의 사람들은 강아지를 예뻐하지만 내게 반려견은 좋지만은 않은 기억의 대상이었다. 어릴 적 개에 물렸던 기억이 있어서 처음 보는 덩치 큰 개는 무조건 피하고 본다. 서점의 강아지는 덩치가 작지 않았지만 꼬리를 치며 반겨줘서 나도 금세 긴장을 풀 수 있었다. 게다가 책을 보러 가는 곳마다 강아지가 따라오는 것이 내심 흐뭇해서 혼자여도 심심하지 않았다.

서점에는 손님들이 많았다. 책방지기와 다른 손님들의 대화가 한참 고조되어서 책방지기에게 쉽게 말을 걸 수 없었다. 대신 책방 내부를 더욱 꼼꼼히 살펴봤다. 하얀색 책장과 커튼은 이곳 분위기를 더욱 밝게 만들어 주고 있었다. 작은 공간이지만 화이트 톤의 장식과 벽지 색은 깔끔한 분위기와 함께 책방지기의 공간 활용 감각을 보여주었다. 심지어 벽에 걸린 액자의 틀과 책장 곳곳에 붙어 있는 메모지까지 하얀색으로 통일을 이루고 있었다. 서점의 마스코트인 강아지마저 하얀색이었다.

이곳 서점은 강아지와 하나를 이루는 것 같다. 둘의 조합이 너무 잘 어울려서 그런지 유독 눈에 띄는 책 한 권이 있었다. 바로 『나는 있어 고양이』라는 책이었다. 이 책은 김영글 외 8명의 저자가 각자의 독특한 세계를 그리고 있었다. 8인 8색의 서로 다른 시선으로 고양이와 함께하는 삶을 재미있게 풀어낸다. 요즘처럼 반려동물에 대한 사람들의 관심이 높은 적은 없었다. 인스타그램을 보더라도 반려동물에 관한 이야기들이 차고 넘친다.

## 사람과 교감하는 열대어 디스커스

나는 어릴 적부터 유난히도 살아 있는 동물을 좋아했다. 유치원에 들어가기 전부터 금붕어를 길렀는데 그 당시 금붕어 기르기는 정말 어려웠다. 요즘은 블로그나 유튜브 등 다양한 SNS에서 정보를 얻을 수 있지만 과거에는 수족관 사장님의 팁 이외에는 달리 기르는 방법을 알 수 없었다. 그래서 수족관을 자주 방문해야만 금붕어 기르기에 관한 지식을 얻을 수 있었다.

지금은 열대어의 황제라 불리는 디스커스를 기르고 있다. 이 관상어는 얼마나 까다로운지 주인을 알아보고 낯선 사람을 경계한다. 그래서일까? 디스커스에 대한 애착이 남다르다. 집에 있는 디스커스들이 새끼도 낳고 지금도 잘 크고 있다.

가정에서 반려동물을 기르는 이유는 심리적 안정감과 긍정적인 감정의 유발 그리고 아이들의 정서적 안정을 얻기 위해서인 경우가 많다. 나에게 있어서 그들은 생명에 대한 가치를 되새겨주고, 정서적 교감을 통한 마음의 안정을 가져다주는 소중한 존재이다. 나는 지금 디스커스를 유일한 반려동물로 생각하고 기르고 있다. 내가 어항 앞으로 가면 디스커스가 주인을 알아보고 빤히 쳐다보거나 눈을 마주치며 교감을 한다. 그래서 마치 물에서 자라는 강아지처럼 사랑으로 돌보고 있다.

'반려동물 천만 시대'라고 한다. 그만큼 많은 가정에서 금붕어나 구피 또는 강아지와 고양이 한 마리 정도는 키우고 있는 셈이다. 우리 사회에서 반려동물에 대한 관심과 애정이 지금만큼 강한 적은 없었을 것이다. 하지만 반려동물 천만 시대의 어두운 면도 있다. '우리 개는 안 물어요.'라는 말이 인터넷에 떠돈다. 반려견 물림 사고에서부터 반려동물로 인한 갖가지 폐단이 발생하는 것도 지금 시기에 가장 많은 것 같다.

우리 사회가 한 번쯤은 반려동물에 대한 이러저러한 생각들을 되짚어봐야 할 것 같다. 오늘은 말이 길어졌다. 좋아하는 주제가 나와서 나도 모르게 그만 이런저런 어릴 적 추억까지 소환하고 말았다. 여러분의 반려동물에 대한 생각도 궁금해지기 시작한다.

PHILOSOPHOS

# THINKING TRAVEL

여
행

# 제주 바다가 들리는 아름다운 공간

여행의 패러다임을 바꿀 수 있는 곳.

제주 조천읍 바닷가의 〈북케이션〉에 들어선 순간 그런 생각이 들었다. 실내는 넓지 않았지만 아늑했고, 감성적이었다. 열어둔 문으로 바닷바람이 불어오면서 특유의 향기가 코끝을 스쳤다. 주변 소음으로부터 자유로워서, 누구에게도 방해받지 않고 자신이 하고 싶은 일에 몰입할 수 있는 공간이었다. 책도 가지런하게 정리되어 있어서 정돈이 잘 된 집처럼 느껴졌다. 그것도 외국의 어느 집인 듯 이국적인 느낌이 물씬 풍겼다.

처음 방문한 사람도 책을 고르는 데 어렵지 않도록 배치가 잘 되어 있었다. 책방에서 책 선택에 어려움을 겪는다면, 다음과 같이 해보길 바란다. 먼저 자신이 좋아하는 분야에서 주제를 선정하고, 다음으로 책

bookation
책

2F
cafe, post cards
1F
books
MILK
사전

제목에 끌리는 것을 선택한다. 마지막으로 책방에서 추천하는 책들이 있다. 특히 책방지기가 손수 적어 놓은 메모를 중심으로 살펴보면 좋다. 그것도 어렵다면 책방지기에게 책 추천을 부탁하는 최후의 방법도 있다. 그게 바로 독립 서점의 매력일 것이다. 나름 이 방법을 사용해서 실패한 적은 별로 없었던 것 같다.

1층 공간을 둘러보고 2층으로 이어지는 계단을 따라 올라가 보았다. 이곳이 <북케이션> 책방의 하이라이트였다. 물론 1층의 공간도 아늑하지만, 개인적으로 2층이 더 마음에 끌렸다. 2층 창가에 앉아서 책을 펼치거나, 무턱대고 글을 쓰고 싶었다. 바다를 향해 시원하게 뚫린 창이 마음과 생각을 활짝 열어주기에 충분했다.

## 공간이 주는 몰입감

서점마다 특징이 있고 차이가 있겠지만 '책'을 중심으로 한다는 점에서 공통분모가 형성된다. 책은 책방이라는 장소를 만들고, 사람들이 그곳을 찾도록 끌어당기는 힘을 발휘한다.

여기 <북케이션>도 멋진 공간을 만들어서 사람들이 모여들도록 해 준다. 방문객들은 이곳에서 여행의 감성을 차분하게 정리하고, 여행이나 책, 삶에 대해 영감을 얻고 간다. 이곳은 사람들이 단순히 책만 보고 가는 곳이 아니라 자신만의 이야기보따리를 풀어놓는 장소도 된다. 이렇듯 <북케이션>에는 제주의 방문객들이 자기만의 여행에 몰입할 수 있는 독특한 분위기가 흐르고 있었다.

"2층에서 책장을 넘기는 소리가 들려올 때, 그 소리가 그렇게 듣기 좋아요."

책방지기의 말에 책방이라는 특별한 공간이 주는 작은 울림을 느꼈다. 사실 책을 빨리 읽어야 한다는 생각이 앞서서 책장을 넘기는 소리에 대해 생각해 본 적이 없었다. 책 자체가 주는 매력에 대해 깊이 생각하기보다, 읽어야 한다는 '조급함'이 그런 시간을 방해한 것 같다.

창문 너머로 보이는 바다를 바라보면서 파도 소리를 상상해 보았다. 창문에 막혀 있어서 바다의 출렁이는 파도만 보일 뿐이지만 나의 상상과 더해져 완벽한 바다가 만들어졌다. 한 곳에 집중하다 보면 주변의 또 다른 좋은 장면을 놓칠 수 있다. 우리는 책을 보는 이유를 다시 생각해 봐야 한다. 단지 책에서 정보만 얻는 것이 아니라 나와 세상, 주변을 연결하는 하모니를 찾아봐야 한다.

책방의 목표는 방문하는 사람들이 편하게 책을 마주하는 공간으로 만드는 것이다. <북케이션>에서 흘러나오는 잔잔한 이야기 소리와 책장 넘기는 소리가 바닷가의 선율과 합을 이루길 응원하며, 떨어지지 않는 발걸음을 돌려세워야 했다.

출처 : 북케이션 인스타그램

## 말 못 하는 동물을 위한 대변자

이곳에서 만났던 책은 장 그르니에 저자의 『어느 개의 죽음』이다. 이 책은 '개의 죽음에서 오는 고통과 그의 부재가 남긴 슬픔'을 통해 반려견의 의미를 생각하는 기회를 준다. 더 나아가서 우리와 동물과의 관계를 재정립해 볼 수 있었다. 저자는 우연한 기회에 유기견인 '타이오'를 입양하게 되면서 단순히 개와 주인의 관계가 아니라 가족이면서 친구인 관계를 경험하게 된다. 타이오와 함께했던 시간은 그저 동반의 시간이 아니라 여행의 시간이었다.

한 개의 죽음도 소중한 사람이 곁에 있다가 사라지는 것과 같다. 어쩌면 관계란 사람과 사람 사이에서만 일어나는 것이 아니라 동물과 사람 사이에서도 일어나는 것이다. 당연한 이야기겠지만 그 '당연한 관계'가 어떤 사람에게는 낯설게 느껴질 수도 있다.

결혼과 동시에 나는 아내가 키우던 반려견과도 함께 살게 되었다. 개의 이름은 '봄'이었다. 내 입장에서는 아주 좋다기보다 그냥 한 마리의 개가 생긴 것뿐이었다. 어릴 때 강아지를 키우긴 했지만, 크게 정성을 기울이지 않았다. 예전에는 매일 산책시키지도 않았고, 개 사료 대신 남은 밥을 주곤 했다. 그때는 지금처럼 반려견 문화가 발달하지 않았고 옷을 입히거나 신발, 유모차 등을 산다는 건 상상도 못 할 일이었다.

사랑은 어쩌면 시간과 정성이 쌓이는 것이라는 생각이 든다. 처음에 나에게는 그저 한 마리 개였지만, 10년을 생활하면서 우리 사이에는 '관계'라는 것이 생겼다. 나중엔 정이 깊이 들어서 봄이를 떠나보낼 때 무척 힘들었던 기억이 난다. 그래서 이 책이 더 공감되었고 눈에 먼저 들어왔던 것 같다.

동물 학대에 관련된 끔찍한 뉴스를 접할 때 사람들은 "어떻게 말 못하는 짐승에게 몹쓸 짓을 할 수 있느냐!"면서 분노한다. 그리고 학대하면서 희열을 느끼는 사람을 보면서 우리 본성에 대해서도 생각해 보게 된다. 어쩌면 이런 문제는 정도의 차이만 있을 뿐 특정한 사람의 문제가 아닐 수도 있다. 자칫 좋아하는 반려동물에 대해서만 가엾게 여기면서 다른 동물을 학대하고 있지는 않은지 반성이 필요하다. 특히 동물의 생명을 필요에 따라 우리가 마음대로 결정짓는 행위는 상당히 위험하다. 우리의 필요를 위해서 잔인하게 동물을 도살하는 행위는 지금도 여기저기서 자행되고 있다. 이런 행위를 보면, 인간은 반려동물을 '장신구' 정도로 여기고 있는 것은 아닌지 의심이 들게 된다. 우리는 다시 동물과의 관계를 생각해 봐야 한다.

죽음의 고통 앞에 선 인간이나 동물은 모두 같아야 한다. 사람이 아니기 때문에 비참하게 생을 마감하도록 방치하는 것은 생명에 대한 존중이 아니다. 『어느 개의 죽음』 앞에서 우리는 그들의 고통을 조금이라도 공감할 수 있는 대변자가 되어야 한다.

## 끝까지 책임지며 함께하는 삶

길거리에서 유기견을 자주 목격한다. 집을 잃었다기보다는 대부분 주인이 버린 경우다. 이런 문제들을 보면서 반려자에 대한 '책임감'에 대해 생각해야 한다. 반려견이 어릴 때 예쁘고 귀여워서 키우다가 병이 들거나 자신이 원하는 반려견이 아니라는 판단이 들면 매정하게 버린다. 이보다 더 슬픈 일이 있겠는가? 동물을 상품으로 평가한 것이다. 내가 낳은 자식이 마음에 안 든다고 버릴 수 있을까? 그건 어려울 텐데, 반려동물에게는 쉽게 저지른다. 이런 관계는 결코 있어서는 안 된다. 우리는 반려견과 처음 만났을 때를 회상하면서 끝까지 책임져야 한다. 그리고 '함께하는 삶'이 무엇인지 깊이 생각해야만 한다.

『어느 개의 죽음』처럼 누군가에게는 소중한 만남이 될 수 있지만, 다른 누군가에게는 하찮은 만남이 되어서는 안 된다. 반려견은 인생을 함께하는 동반자에게서만 느낄 수 있는 깊은 교감을 선물해 주는 소중한 존재이기 때문이다.

## 비탈진 언덕의 책 숲

목적지인 〈여기 서울 149쪽〉을 찾아 충정로에서 골목골목을 헤매던 중 경사가 가파른 언덕길이 눈에 띄었다. 사람의 눈은 비슷한가 보다. 이 언덕길이 예사롭지 않다고 생각했는데, 아니나 다를까 다른 사람도 그곳에서 사진을 찍고 있었다. 그 장소에 무언가가 있어서라기보다는 길 자체가 정겨웠다. 그리고 사진 속의 회색빛 건물이 유난히 시선을 사로잡았다. 가파른 언덕길에 건물이 기대어 있는 것처럼 보였다. 그래서 나도 언덕길에서 사진 한 장을 찍었다. 사진을 찍고 보니 그곳이 바로 내가 찾고 있던 서점이었다. 그렇게 우연히 〈여기 서울 149쪽〉을 만났다.

여기서울 149

## 곳곳에 품은 비밀 공간

서점 문을 열고 들어갔다. 흐트러짐 없이 정돈된 책을 통해 책방지기의 깔끔한 성격을 읽을 수 있었다. 단정한 분위기 속에서 한 권의 책을 발견하기 위해 분주하게 움직였다.

책을 보며 조용히 서점을 지키고 있는 책방지기를 발견하고 그에게 다가갔다. 알고 보니 주인이 아니라 책을 좋아해서 그 자리를 지키고 있는 학생이었다. 내가 이 서점에 대해 알고 싶어 하자, 그는 주저 없이 일어나 이곳저곳을 구경시켜 주었다.

바깥에서 본 모습과는 다르게 내부는 층층의 복층 구조였고, 아주 많은 비밀의 공간을 가지고 있었다. 아래층으로 내려가 보니, 독서 모임을 할 수 있는 스터디룸도 있었다. 누구나 와서 책을 읽고 갈 수 있는 공간이 많았고, 커피를 들고 와서 책을 구경해도 좋을 만큼 여유로웠다. 책방지기를 만나지 못해서 안타까웠지만 책방지기 못지않게 이곳을 사랑하는 단골손님과 만나게 되어서 뜻

깊었다. 게다가 책방지기를 만나지 못했으니 다시 이곳을 찾을 핑계도 생겼다.

## 여름 언덕, 149쪽

이 서점은 언덕길 위에 있다. 그래서인지 서가에 꽂혀 있는 안희연 저자의 『여름 언덕에서 배운 것』이란 시집이 눈에 띄었다. 우연의 일치일까? 이 책의 페이지가 모두 149쪽이었고, 서점 이름도 149쪽이었다. 이 시집은 이 서점과 운명처럼 어울리는 단짝이었다. 그 운명의 책을 내가 사도 될까? 이 시집의 제목처럼 여름 언덕에서 운명과도 같이 149쪽의 책을 만났다.

한여름의 언덕길을 생각하다 보니 문득 겨울이 떠올랐다. 한겨울에 눈이 내리면 이곳의 책방지기는 얼마나 분주할까? 책을 사랑하는 마음으로 언덕길을 올라오는 손님들을 위해 그는 눈 오는 날이면 열심히 언덕의 경사로를 빗자루로 쓸 것이다.

이곳, 언덕의 경사로에서 눈길을 조심조심 걸어가는 모습도 눈에 선하다. 겨울 언덕길 149쪽은 어떤 느낌일까? 여름에 와서 다행이라고 생각하면서도, 올겨울에는 이 경사로에 다시 오르고 싶은 마음이 든다.

## 매일같이 오르내려야 하는 언덕길에서

어릴 적 방학 동안 자주 놀러 간 할머니 댁이 언덕길 위에 있었다. 초등학교 시절 그 높은 언덕길을 재미 삼아 올라갔다 내려갔다 했던 기억이 아직도 생생하다. 성인이 되어 다시 그곳에 갔더니 언덕은 그다지 높지 않았다. 어른이 되었을 때 다시 본 추억의 장소는 분명 다르게 느껴진다.

우리는 늘 인생의 언덕길을 오르면서 살아가고 있다. 때로는 오르막길을 힘들게 올라가야 하고, 또 때로는 그 반대로 내리막길을 걸을 때도 있다. 오를 때는 올라가서 힘들었고, 내려올 때도 힘들기는 매한가지이다. 그러고 보니, 인생이란 이래도 어렵고 저래도 어렵고, 올라가는 길도 어렵고, 내려올 때도 어려운 것처럼 보인다.

<여기 서울 149쪽>에서 빠져나가 나는 잠시 위아래를 걸어 보았다. 언덕길 위에서도 사진을 찍어보고, 반대편으로 내려가 아래에서도 경사로 사진을 찍어보았다. 어느 시선으로 본 길이 더 매력적이고 예쁜지는 모르겠다. 하지만 경사가 가파른 이곳을 삶에 비추어보면 그 어느 것 하나 쉬운 것이 없음을 의미하는 듯하다.

우리는 내일 또다시 언덕길을 올라가야 한다. 또다시 반대의 경사로를 내려가야 한다. 올라갈 때는 힘에 부치고 내려올 때는 또 넘어지지 않기 위해 조심조심 걸어야 한다. 밤새 눈이라도 쌓였다면 그 길은 더욱 고달플 것이다. 하지만 누군가는 그 언덕길에 밤새 내린 눈을 치

우고 있을 것이다. 그래서 우리는 언덕길을 편하게 걸을 수 있었다. 우리가 매일 걸어가는 언덕길 위에 이렇게 또 자그마한 추억 하나를 새겨본다.

## 소박하지만 확실한 유산

〈해미 책방〉은 충남 서산시의 아름다운 해미읍성에서 가까운 곳에 자리하고 있다. 자료에 의하면, 해미읍성은 세종 때 축조되었고 임진왜란 때 서해안의 요충지 역할을 했던 곳이다. 이곳을 방문하게 된 계기는 인스타그램에 주기적으로 신간 서적을 올려주는 책방지기가 궁금해서였다. 해미읍성은 예전에 방문한 적이 있어서 주변이 친근하게 느껴졌다. 하지만 책방을 찾느라 조금 헤맸다. 책방은 해미상가 2층에 있었는데 상가 입구를 찾지 못해서 주변만 빙빙 돌았다.

어렵게 찾아 들어간 〈해미 책방〉은 동네에서 쉽게 마주할 수 있는 소박한 장소였다. 그래서 동네 마실 나온 듯 편안한 기분으로 내부 공간을 살펴볼 수 있었다. 책방은 규모와 상관없이 운영하는 사람의 가치를 함께 공유하는 것이 중요한 것 같다. 방문하는 사람들의 또 다른 생각과 경험들까지 쌓이게 되면 그것이 책방의 역사가 된다.

## 경쟁자가 아닌 사람과의 대화

책방 안에서는 시간이 천천히 흘러가는 기분이 들었다. 양쪽 벽으로 책장이 가지런하게 놓여 있었고, 다양한 책들이 꽂혀 있었다. 책방 가운데는 최근 들어온 책들이 정리된 것 같았다. 나는 인스타그램에 올려준 『우울이라 쓰지 않고』라는 책을 찾고 있었다. 가끔 책방을 방문할 때 놀라는 경우가 있는데 많은 책 중에서 원하는 책을 바로 찾아줄 때다. 이곳 〈해미 책방〉에서도 그랬다. 책방지기의 내공이 상당해 보였다.

오전 시간이라 그런지 내가 첫 번째 방문자였다. 수줍게 반겨준 책방지기와 책방에 대한 이런저런 이야기를 나누었고, 책방의 현재와 다음 단계에 대한 계획도 들을 수 있었다. 잠깐의 시간 동안 이야기를 나누면서 나는 마음의 여유를 느꼈다. 경쟁자가 아니라 사람과 사람으로 편하게 마음을 열고 대화할 수 있는 시간이었다. 개인적인 바람으로는 이곳이 마을 사람들과 스스럼없이 소통하는 공간이 되었으면 한다. 〈해미 책방〉이 해미읍성에 이어 마을의 소중한 유산이자 마을을 대표하는 쉼터가 되기를 진심으로 응원한다.

## 우울은 하나의 거짓이다

〈해미 책방〉에서 내 눈길을 사로잡은 책은 문이영 저자의 『우울이라 쓰지 않고』이다. 이 책에서 '우울'을 어떻게 정의하는지 알고 싶었다. 우

"Somewhere, something incredible is waiting to be known"
Carl Sagan
청춘의 문장들
BOOK

리가 살아가면서 자주 접하게 되는 우울의 의미와 그것이 왜 찾아오는지 궁금했다. 그리고 우울을 피할 수 있는 방법까지 알고 싶었다.

하지만 저자는 내 생각과 전혀 다른 방법을 제시하고 있었다. 마치 저자가 내 생각을 읽고 있다는 착각을 불러일으켰다. 우울은 특별한 것이 아니고, 개인의 잘못에서 비롯된 것도 아닌 '관점의 차이'에서 오는 것이라는 점을 일깨워주었다. 그러므로 '우울'이라는 단어는 내가 어떻게 보느냐에 따라 동전의 양면처럼 바뀔 수 있었다. 또한 '우울'은 어떻게 다루는가가 중요했다.

내가 겪었던 우울에 대해 잠깐 이야기를 꺼낸다. 나는 쌍둥이가 태어났을 때 기쁘기도 했지만 우울하기도 했다. 둘만의 시간을 보내다가 새로운 식구가 생기면서 내 일상이 무너지는 기분이 들었기 때문이다. 아이들로 인해서 공간의 제약, 사람들과의 만남과 일에 대한 제약을 받았고, 무엇보다 힘들었던 것은 자유로운 생활이 크게 제약을 받았다는 점이다.

이런 내 고백에 어떻게 아빠가 되어서 그런 생각을 할 수 있냐고 질문할 수 있다. 그때 나는 출산 후 여자들에게 오는 산후 우울증을 겪었다. 물론 출산한 여자들이 겪는 것에 비할 수 없지만 분명 일상생활 속에서 오는 우울증과는 다른 것이었다. 아내는 출산 휴가 후 출근하면서 바쁘게 생활했지만, 나는 아이들과 많은 시간을 보내다 보니 짜증만 늘었다. 유일하게 내가 육아에서 벗어날 수 있었던 시간은 부모님이 오셔서 집 인근 도서관으로 해방되는 때였다. 그때는 힘들었지만 다시

"Somewhere, something incredible is waiting to be known"
Carl Sagan

돌아갈 수 없는 소중한 시간이라는 것을 지금에야 깨닫고 있다.

우울이라는 것이 나와 우리에게 어떤 의미이며 어디서 오기에 사람들을 괴롭히는 것일까? 주변에서 우울 때문에 힘들어하는 사람들을 종종 보게 된다. 심지어 누군가 우울증으로 생을 마감했다는 뉴스도 듣곤 한다. '우울'이 얼마나 크고 대단한 것이기에 우리의 심리적 상황을 무참하게 짓밟고 일상과 멀어지게 만드는 것인가.

저자가 '우울이라고 쓰지 않는' 이유는 우리가 살아가는 일상이 힘들고 제약받고 자유가 없고 세상과 멀어지는 기분이 드는 것이 나만의 이야기가 아니기 때문이다.

이 책은 모든 사람이 똑같이 세상이라는 울타리에서 우울을 겪으며 살아가고 있다는 메시지를 전해준다. 우울의 함정은 '왜 나에게만 이런 일이 올까?' 하는 생각에 있다. 여기에 빠져들면 '나'만 불행한 사람이고 한없이 부정적인 생각들만 몰려온다. 그래서 나는 '우울'이라는 단어로 현실을 탈피하려고 했다. 우울은 자신에 대한 만족보다 자신에게 없고 부족한 것, 상처만을 집요하게 파고든다. 우리가 사는 방법은 사람과 사람 사이에서 세상과 세상 사이에서 부딪히면서 살고 경험해 가는 것이다. 우리 일상에서 일어나는 일에 대해 "이것도 지나가리라."라는 다소 긍정적 사고가 필요하다.

이별하고 아프고 또 다른 대상, 자연, 사람들을 만나면서 사는 것이 '나'다. 나를 지나치게 특별하거나 주인공으로 착각할 필요도 없다. 타인이 기준이 되는 것이 아니라 자신이 기준이 되어야 한다. 이것이 나에 대한 실존이다. 실존은 이상적이거나 멀리 있는 대상이 아니라 '내'가 이 세상의 본질이고 대상인 것이다. 이 세상에 있다는 것은 누구나 겪는 것을 나도 경험하면서 사는 것이기에 우울해할 필요가 없다. 우리는 의식하는 존재이기에 자신의 상황을 돌아보면서 삶의 매 순간을 소중하게 여겨야 한다.

오랫동안 딩동댕 유치원 뚝딱이 아빠로 알려진 김종석 님은 인생을 올림픽과 내림픽으로 비유했다. 올림픽이 4년 주기로 개최되는 것처럼, 인생에도 올라가는 것이 있으면 내려오는 것이 있는데 그 주기가 4년이라는 것이다. 누구나 인생의 오르막과 내리막을 그것도 4년 주기로 겪으며 산다는 말은 묘한 위로가 되었다.

지금까지 우울이라고 생각한 것이 나에게만 일어난 것은 아니다. 결국 우울은 내 안에서 내가 일으키는 것이고 그 누구의 책임도 아니다. 그 당시 나를 고통스럽게 했던 것들을 지금으로 연장할 필요도 없다. 설사 과거와 지금이 변한 것이 없을지라도 우울에 집착할 필요도 없다. 더 이상 우리는 우울의 늪에서 허우적거리거나 그 공간을 만들지 말고 다른 공간으로 이동하면 된다.

자신이 처한 상황에 몰입하거나 미래에 대한 불확실성으로 인한 불안한 마음을 긍정적 생각으로 바꾸는 것도 우울을 벗어나는데 도움이 된다. 우리는 '긍정'이라는 생각의 공간을 키워야 한다. 긍정의 공간은 '내일'이라는 단어와 '걱정' 등의 수많은 부정적인 생각을 내려놓는 곳이다. 우리는 일어나지 않은 일과 불안에 초점을 두기보다 '오늘'에 집중하는 연습을 해야 한다.

## 낯선 여행, 낯선 우울

〈해미 책방〉의 책방지기와 대화를 나누면서 이 책과 통하는 부분을 느낄 수 있었다. 그는 소박함에서 나오는 만족을 누리며, 현실에 주어진 삶에 대해 긍정적인 생각을 지니고 있었다. 경쟁하기보다 현재의 상황을 마주하면서 책방을 찾는 사람들에게 소임을 다하고 싶어 했다.

나는 서점 여행에서 좋은 경험을 많이 쌓아가고 있다. 이런 여행은 낯설지만, 여행의 목적이 분명하다. 나는 다양한 사람들과 대화를 시도할 수 있었고 삶의 가치를 배울 수 있었다. 덕분에 내 생각이 조금씩 성장하고 있다. 가장 중요한 것은 우울할 틈이 없다는 것이다. 책방을 찾아다니면서 막연한 미래에 대한 두려움에서 벗어나 현재의 중요성을 깨달을 수 있었다. 이처럼 소중한 순간들이 '우울'이라는 단어를 낯설게 만들어 주고 있다.

## 삶의 미궁에서 헤매는 그대에게

아침 일찍부터 분주했다. 낯선 곳을 방문하기 위해서 이른 아침에 서울에서 부산으로 떠나야 했다. 초행길이라 서둘러야 짧은 일정에서 나름의 목표를 달성할 수 있을 것 같았다.

온라인에 온갖 정보들이 넘쳐나는 시대라 부산에 있는 독립 서점들을 미리 살펴보고 끌리는 서점들을 몇 군데 선정했다. 그런데 난관에 봉착했다. 그동안 독립 서점을 다녀보니 월요일에 휴무인 곳이 많았다. 나는 월요일과 화요일, 1박 2일의 짧은 일정으로 부산을 다녀와야 했기에 휴무일과 겹치는 곳은 제쳐놔야 했다.

그나마 월요일과 화요일 휴무가 아닌 서점들을 찾아서 주소와 전화번호를 메모해서 목적지로 출발했다.

부산에 도착해 가장 먼저 가고 싶은 곳은 바로 〈크레타(crete) 서점〉

이었다.

크레타는 원래 신들의 도시로 불리는 그리스에 있는 섬으로 크레타 문명의 발원지이다. 미궁으로 알려진 크노소스 궁전이 있는 곳인데, 크레타 문명의 비밀은 베일에 싸여 있다. 세계의 유수한 문화적이고 예술적인 섬 크레타. 그렇다면 부산에 있는 크레타는 어떠한 비밀의 섬일지 그곳으로의 여행이 무척 기대되었다.

## 사유와 자유에 대한 열망으로 가득한 섬

부산 진구 서진로에 위치한 〈크레타 서점〉을 찾기 위해 우선 부산 지하철 노선도를 들여다보았다. 서울 지하철 노선도에 익숙해서일까, 부산 지하철 노선도는 눈에 쉽게 들어오지 않는다. 그래도 서울이나 부산이나 뭐 다를 게 있나 싶어서 노선도를 들여다보며 서점이 있는 근처 지하철로 이동했다. 부산 2호선 지하철 서면역에 내려, 가는 길 내내 두리번거리면서 익숙하지 않은 길을 걷고 또 걸었다. 다행히도 지도상으로 비교적 큰 도로변에 서점이 위치해 있어서 찾는 데는 불편함이 없었다.

2층 계단을 올라가서 마주한 서점은 그야말로 장관이었다. 문밖에서 바라본 서점 내부의 모습은 화려한 그리스 도시의 한 장면처럼 느껴졌다. 서점 안에 들어가기도 전에, 내부에서 뿜어져 나오는 그리스의 향기를 맡을 수 있었다. 이미 서점의 낭만에 흠뻑 빠진 채로 안으로 들어

"나는 아무것도 바라지 않는다.
나는 아무것도 두려워하지 않는다.
나는 자유다."

Bookstore

# Creta

갔다. 서점 안은 조용했다. 만약 내가 방문한 시간에 독서 모임이 있었다면 책방지기와 깊은 이야기를 나누지 못했을 텐데, 때마침 조용해서 책방지기와 대화를 나눌 수 있었다.

인스타그램을 보고 서점이 너무 예뻐서 서울에서 찾아왔다고 말했다. 책방지기는 멀리서 온 손님을 반갑게 맞아주었다. 대형서점을 방불케 할 정도로 멋진 책장들이 눈에 들어왔다. 마치 고대 그리스의 도서관 느낌이랄까? 이곳의 분위기는 크레타 섬 그 자체였다.

책장 옆에는 그리스어가 새겨진 레터링이 눈에 띄었다. 무슨 의미인지는 모르지만, 상당히 뭔가가 있어 보였다. 그래서 책방지기에게 그 글의 비밀을 물었다. 이 문구는 그리스 문학을 대표하는 소설가 니코스 카잔차키스의『그리스인 조르바』에 나오는 내용이라고 한다.

"나는 아무것도 바라지 않는다. 나는 아무것도 두려워하지 않는다. 나는 자유다."라는 뜻이었다.

이곳의 모든 장식과 눈에 띄는 것들 모두 신비감을 품고 있었다.

책방지기에게 잠시의 여유가 있어 보여서 이곳의 비하인드 스토리를 들을 수 있었다. 그는 대학생 시절,『그리스인 조르바』를 읽고 자유와 삶에 대해 생각했다고 이야기해 주었다. 이 〈크레타 서점〉은 그가 학창 시절에 읽었던 소설에서 시작된 셈이다.

그는 신혼여행도 크레타 섬으로 다녀왔다. 니코스 카잔차키스가 묻힌 언덕으로 올라가 이 비문이 적힌 묘비 앞에서 삶과 자유에 대해 스스로에게 질문했다. 이제 그는 이곳 크레타에서 책을 좋아하는 사람들을 통해 사색의 시간을 가진다. 우리가 자유로운 삶으로 한 걸음 더 나아갈 수 있기를 응원하는 마음을 이 서점 안에 담았다고 전해주었다.

## 완벽하지 못했던 우리 삶의 의미는

서점의 이곳저곳을 둘러보면서 크레타와 가장 잘 어울리는 책이 무엇일지 고민했다. 내가 읽고 싶은 책이 아닌, 이 서점과 가장 조화가 잘 되는 책을 고르고 싶었다.

크레타 섬처럼 이곳은 신비감과 자유에 대한 열망 그리고 삶의 의미

BUSINESS
LOCAL
SPECIAL

를 가진 곳이었다. 그것이 녹아 있는 책이 무엇일까, 고민하는데 존 윌리엄스의『스토너』라는 책이 눈에 들어왔다.

주인공 스토너는 어릴 적 농부의 아들로 태어나서 미주리 대학 농업학과에 진학하게 된다. 주인공은 대학 진학 후, 영문학을 전공하고 강사로 활동한다. 그의 아내는 신경쇠약으로 평생 힘든 삶을 살아가고, 딸 그레이스는 결혼한 뒤, 전쟁으로 남편을 잃어 결국 상처를 극복하지 못하고 알코올 중독으로 삶을 이어간다.

주인공 스토너는 자신과 부인 그리고 자녀까지 이어지는 비극적인 경험들을 통해 성공하지 못한 삶에 대해 고뇌에 빠진다. 그는 성공을 위해서 세상과 타협하고 싶지는 않았다. 하지만 무너지는 가정을 보며, 결국엔 세상과의 타협을 받아들인다. 그는 독자에게 묻는다. 진정한 삶의 의미가 무엇인지를.

이곳 〈크레타 서점〉의 벽에 새겨진 레터링의 의미가 새롭게 다가온다. “나는 아무것도 바라지 않는다. 나는 아무것도 두려워하지 않는다. 나는 자유다.” 우리는 무언가를 바라고 또 무언가를 성취하기 위해 늘 분주함 속에서 살아가고 있다. 그 분주함과 빠듯함이 어쩌면 우리의 넉넉함과 자유를 빼앗아 가지는 않았나 되짚어 본다.

Δεν ελπίζω τίποτα
Δε φοβούμαι τίποτα
Είμαι λέφτερος

세상과 타협하면서 살아가야 한다는 성공의 수상한 법칙은 늘 우리를 선택의 기로에 서게 만든다. 소설의 주인공 스토너는 세상과 타협하지 않고, 자신의 순수함을 지켜나가기 위해 노력했다. 하지만 그는 세상이 바라고 정해 놓은 성공의 기준과 동떨어져 있었다. 그 어느 것 하나 완벽하지 못했던 주인공의 삶은 우리의 삶과 닮아 있었다.

우리는 늘 성공의 법칙을 만들어 복잡한 셈을 하면서 살아간다. 스토너, 그의 인생을 우리들 자신의 거울에 비춰본다. 그는 우리에게 말한다. 세상이 개인의 동의 없이 정해 놓은 성공한 삶이 꼭 행복한 삶은 아니라고. 사회의 기준으로 본 성공, 규격화하고 수치화해서 나의 의지와 무관한 성공을 위해 자유가 없어도 된다는 삶, 그 삶이 얼마나 행복할지 우리에게 물음표를 남긴다.

# 묻지 않고 친구가 되어주는 책방

〈봉서리 책방〉은 구례군 시내에 들렀다가 우연히 찾은 곳이다. 구례군 시내 주변의 베이커리 카페를 검색하다가 '느긋한 빵집'을 발견했다. 그곳을 찾아갔는데 바로 건너편에 책방이 있었다. 순간 이런 곳에 책방이 있다는 것에 놀랐다. 우선 전형적인 농촌 동네였고 번화한 시내가 아니었다. 사람이 많이 다니는 길목도 아니고 주변에 다른 상점이 즐비하지도 않았다. 넓은 뜰과 주택들이 위치할 뿐이었다. 보통 책방은 사람들이 많이 다니는 길목이나 상업지역 주변에 자리한다. 이런 외곽지역에 책방이 있다는 것에 놀랄 수밖에 없었다. 나에게 〈봉서리 책방〉은 깜짝 선물 같은 느낌이었다.

빵집 앞에 차량을 세워두고 책방으로 발걸음을 돌렸다. 책방 마당 옆 담벼락에 예쁜 벽화가 그려져 있었고 다음과 같은 문구가 쓰여 있었다.

"나와 다른 사람과 친구가 될 수 있을까."

책의 제목인 듯한 그 문구가 책방의 모든 것을 대변해 주는 느낌이 들었다. 문장은 의문형이지만 책방에 들어서는 순간, "친구가 될 수 있지."라는 마침표로 바뀔 것만 같은 기대감. 책방의 실내는 순간 낯설다기보다 안락하면서 누군가와 이야기를 나누고 싶은 분위기로 다가왔다. 구례에 위치한 작은 책방 <봉서리 책방>은 크기와 상관없이 모든 것을 담고 있었다. 누구에게든 친구가 되어줄 것만 같은 공간이었다.

책을 구입한 후 빵집에서 쌀빵과 음료를 사 들고 옆에 있는 산정노인회관 앞 의자에 앉았다. 그 앞에 펼쳐진 넓은 들판이 바람에 평온함을 실어 나에게 선물해 주었다.

## 꽃이 떨어지는 소리를 들어본 적 있었던가

방문한 시간에 모임이 진행 중이어서 책을 구경하고 사진만 몇 장 찍어 왔다. 책방을 다녀온 이후 책방지기와 통화를 했다. 그는 '책방지기가 아니라 아저씨'라고 소탈하게 자신을 소개하면서 다음에 구례에 방문하게 되면, 차 한 잔 나누자고 했다. 마음은 간곡하지만, 함부로 기약할 수 없는 것이 우리네 인생이니 소망으로 남겨 둔다.

우연히 책방의 인스타그램에서 책방지기가 쓴 글을 보면서 시인이 떠올랐다. 자신에게는 자연스러운 현상이지만 그 자연스러움이 어떤 사람에게 영감을 준다면 시인이 아닐까?

"예전엔 꽃이 좋았는데, 이제 꽃보다 그 떨어지는 소리가 좋습니다. 아주 청아한 소리를 들을 수 있습니다. 맑은 날씨가 조금 지나고, 꽃이 나무에 달려 조금만 더 물기 마르면, 맑은 소리 내며 떨어집니다. 이게 다 나이 잡순 감나무 영감님 옆에 살며 얻는 즐거움입니다."

마치 감나무가 사람처럼 느껴지는 이유는 왜일까? 그는 항상 마주하는 감나무와 대화를 나누고 있었다. 스쳐 지나가는 만남도 인연으로, 별 볼 일 없는 것도 관심으로 바꾸는 책방지기의 삶이 시인의 삶으로 느껴졌다.

## 여행은 온전히 개인의 정서

이제 우리나라도 하루 생활권에 접어들었다. 마음만 먹으면 하루에 다닐 수 있는 여행지가 많아졌다. 물론 구석구석 꼼꼼하게 살펴보긴 어렵지만 가고 싶은 곳 한두 군데 정해서 다녀올 수 있게 되었다. 이번 서점 여행도 어떤 경우 하루에 2~3곳을 방문한 적도 있다. 조금 바쁘게 다니다 보면 놓치는 게 있다는 단점도 있지만 새로운 곳을 방문하는 것 자체가 새로운 에너지를 주기도 했다.

〈봉서리 책방〉에서 찾은 김준철 저자의『2박 3일 지리산 여행』은 글밥이 적고 삽화로 구성된 책이어서 가볍게 여행의 맛을 느껴볼 수 있었다. 책의 시작 부분을 넘기는 순간부터 여행에 함께 참여하고 싶어진다. '구례로 가는 기차 안 풍경'은 정감이 있고 나도 같이 떠나보고 싶은 마음을 불러일으킨다. 이 책은 마음을 설레게 하면서 낯선 곳에 대한 두려움을 떨칠 수 있는 용기를 준다. 책의 삽화도 재미있고 내용도 읽기 편해서 주변에 있는 사람들에게 선물하려고 검색했더니 절판되어 구입할 수 없다는 점이 아쉬움으로 남는다.

개인적으로 지리산 인근은 몇 번 방문한 적 있지만 구례읍을 방문한 것은 처음이었다. 잠깐 차를 세워두고 마을을 구경하면서 다녔다. 마을의 아기자기한 동네 풍경이 눈에 들어왔고 시간이 천천히 가는 듯한 느낌을 받았다. 그중에서 기억에 남는 곳은 작은 베이커리 카페였다. 마을의 과거를 사진으로 볼 수 있도록 군데군데 걸어두어서 현재의 모습과 비교할 수 있었다. 다음에 기회가 된다면 마을을 천천히 다니면서 곳곳의 정취를 깊이 있게 담아보고 싶다.

그런 점에서 이 책은 여행의 의미를 다시 깨우쳐주는 듯하다. 우리가 여행을 가는 목적 혹은 이유가 뭘까? 맛집을 방문해서 인증샷을 남기고 멋진 장소에서 사진으로 추억을 남기고, 좋아하는 사람들과 소중한 시간을 공유하기 위해 여행을 떠나는 사람들이 대부분이다. 그런 시간도 무척 소중하겠지만 또 다른 여행의 즐거움을 찾는 것도 의미가 있다. 물론 여행은 개인의 취향마다 다르기에 쉽게 정의할 수 있는 것은 아니다. 여행 유튜브 영상들, 여행 책자 등 많은 정보가 있어도 여행은 온전히 개인의 정서다. 자신이 가고 싶은 장소를 방문하고 경험을 쌓아가다 보면 그보다 더 좋은 여행의 의미는 없을 것이다. 더불어 독립 서점을 찾아 따라가는 여행도 좋은 경험이 될 것이다. 나는 이번 여행을 하면서 사람을 만났고 책 속의 생각을 만났고, 또 다른 계획을 그려보게 되는 시간을 가졌다.

## 우리 삶도 내일을 기대하는 여행이 되길

목적지를 향해 가는 길이 있으면 집으로 돌아오는 길도 있다. 여행의 출발은 설레면서 구름 위를 날아다니는 것 같다면, 집으로 돌아오는 길은 아쉬운 마음으로 가득 차서 출발했던 시점으로 되돌리고 싶은 마음을 준다. 하지만 그 아쉬움은 다음에 대한 기대감으로 남는다. 여행을 다녀오면 피곤하고 힘들어도 다음을 준비하게 된다. 그래서 나는 여행이 좋다.

우리 삶도 여행처럼 만들어보고 싶다. 시작만 설레는 것이 아니라 힘든 과정이 있어도 내일이 기대되는 시간이 되길 소망해 본다. 여행이 항상 내가 원하는 대로 이루어지지는 않는다. 때론 날씨가 좋지 못해서 숙소에만 있는 경우, 일정과 달라서 마음 상하는 경우, 타지 사람이라고 가격을 비싸게 받는 경우, 숙소가 광고와 다른 경우 등 많은 변수가 기다린다. 하지만 불편함을 조율해 간다면 여행은 좋은 추억이자, 인생의 전환점이 될 수도 있을 것이다.

# 정신의 균형을 잡아주는 곳

영동고속도로를 달리다가 동해 방향으로 진입 후 망상IC로 나오면 〈책방균형〉까지 약 10분이 소요된다. 대중교통을 이용한다면 동해시 종합버스터미널까지 와서 시내버스를 이용하면 된다. 책방은 큰 대로변에 위치하고, 초록색 간판을 달고 있어서 눈에 잘 띄었다.

밖에서 큰 창문을 통해 바라본 〈책방균형〉은 활기가 넘쳤다. 방문한 시간에 책을 읽고 차를 마시는 사람들로 북적였다. 책방 입구로 들어서면 좌측은 차를 만드는 공간, 우측은 책장이 있고 그 안쪽으로 차를 마시는 공간이 있다. 책방 이름처럼 균형감 있는 내부 공간이다. 이곳은 특이하게도 한약방이 있던 곳을 책방으로 개조해서 사용하고 있었다. 한약방의 흔적이 곳곳에 남아 독특한 분위기를 풍겼다.

책방을 방문한 날은 폭염 주의보가 발효된 날이어서 무척 더웠다. 집

118
BALANCE
책방 균형

밖은 위험하다 싶었지만, 방문을 약속했기 때문에 귀찮음을 무릅쓰고 찾아간 터였다. 그 마음을 눈치라도 챈 걸까. 책방지기가 만들어 준 시원한 유자청에이드는 모든 더위를 날려주기에 충분했다.

창가 쪽에 앉아 밖을 내다보니 시간이 다르게 흐르고 있는 것 같았다. 마치 책방 안은 다른 세상처럼 느껴졌고 밖의 사람들만 움직이는 것 같았다. 어쩌면 우리는 이 세상이 분주한지, 조용한지조차 모르고 살아가고 있지는 않을까? 원래 살았던 세상이기에 그저 관성대로 살아가는 것이다. 책방에 들어와 있는 순간 느리게 흘러가는 시간의 소리를 경험할 수 있었다. 특히 책방지기의 커피 내리는 소리와 잔잔한 음악은 책방 안에 있는 사람들에게 생각의 균형을 맞춰주는 것 같았다. 우리 생각은 너무 빠르게 움직이고 있다. 때론 쉴 틈 없이 생각하고 또 다음을 생각해야 하는 압박감으로 시달릴 때가 많다.

책방에 또 다른 사람들이 들어오면서 다양한 이야기 소리가 더해진다. 그런데 그 이야기 소리들이 전혀 소음으로 들려오지 않았다. 자신들이 읽은 책의 저자, 내용, 제목 등을 소개하고 추천하는 모습이 인상 깊게 다가왔다. 강원도 동해시에 이런 책방이 있다는 것이 신선한 충격이었다. 문화는 인구의 수와 주변 환경에서 오는 것이 아니라 주어진 환경을 바꾸어 가는 것이었다. 지역에 있는 서점들이 건강하게 잘 다져져서 지역 문화의 근원지가 되길 소망해 본다.

VISUAL ARTISTS GROUP
나는 말하듯이

## 사라진 한약방 거리에서

단골손님들과 스스럼없이 대화하는 책방지기의 모습에서 포근함을 느낄 수 있었다. 바쁜 가운데 시간을 쪼개서 책방이 세워진 배경, 이름 등에 대해 이야기를 나눌 수 있었다. 이곳은 과거 '한약방 거리'로 불릴 정도로 사람들이 붐볐지만, 현재는 그때의 모습을 찾아볼 수 없게 되었다. 이런 이야기를 들을 때면 마음이 서글퍼진다. 그는 동해시를 우

연한 기회에 방문했다가 한약방을 했던 곳에 자리를 잡게 되었다. 그리고 사람들이 '정신과 몸의 균형'을 세우기를 바라는 마음으로 <책방균형>이라는 이름을 짓게 되었다.

그는 방문하는 사람들에게 책을 쉽게 접할 수 있도록 안내자로서의 역할을 꿈꾸고 있었다. 더불어 심리 치유프로그램도 분기별로 운영 중이었다. 앞으로 책의 큐레이션(curation)도 넓혀 가면서 사람들과 책으로 공유할 수 있는 프로그램을 세우는 것이 목표였다. 그의 이야기를 들으면서 <책방균형>이 지역 사회와 방문하는 사람들에게 '균형'을 맞춰주는 곳으로 오랫동안 남길 응원했다.

## 이토록 사소한 행복

강진이 저자는 『행복이 이렇게 사소해도 되는가』를 통해 직접 그린 그림과 글로 행복했던 추억의 순간들을 표현하고 있다. 1960~70년대를 배경으로 당시 세대의 생활상을 잘 보여주는데, 그 안에 담긴 이야기는 세대를 초월한다. 저자는 옛 추억에서 오는 행복함이나 현재의 행복함은 '사소한 것'에서 시작된다는 메시지를 전달해 준다.

많은 사람이 행복을 너무 멀리서 찾고 사소한 것은 행복이라고 느끼지 못하며 살아간다. 행복은 크고 대단한 것이어서 누구나 누릴 수 없는 것으로 여긴다. "로또에 당첨된다면 얼마나 행복할까?", "누구는 승진해서 좋겠다.", "저 집 아이들은 공부를 잘해서 얼마나 부모님이 행복

할까?" 등 타인의 행복에만 관심을 둔다. 그러기에 이미 가까운 곳에 있음에도 그것이 행복인지 알지 못한다. 너무 사소한 것은 행복이 될 수 없다고 의심하면서 멀리서만 찾고 있는 것은 아닌지 살펴봐야 한다.

저자는 모든 순간을 행복으로 설명한다.

"기쁘고 행복한 감사의 시간뿐 아니라 힘든 순간도 괴로운 날들도 내게는 모두 기억하고 간직해야 할 선물 같은 순간이었다."

오늘 이 순간이 얼마나 중요한 시간인가? 이 시간이 흐르고 나서 "그때가 행복한 때였어."라고 말하는 것은 사소한 것에서 보물을 찾지 못해서 오는 '푸념'이 될 수 있다. 행복은 철학적으로 화려하게 포장될 필요도 없다. 나는 '행복은 지금의 사소함에서 오는 것'이라고 감히 정의를 내려본다. 누구나 매 순간의 장면들을 추억으로 간직한다면 행복의 페이지로 만들 수 있다. 소위 성공하는 장면들만 주목하고 그것을 행복이라고 착각하고 살고 있지 않은지 나를 뒤돌아본다. 누군가 내 삶을 알아주지 않아도 좋다. 화려하게 차려진 밥상이 아니어도 내 입맛에 맞고 마음 편하게 한 끼 먹을 수 있다면 그것이 '미식'인 것처럼, 행복도 그러하다.

## 미리 걱정하는 마음 버리기

"어차피 우리 삶은 시간과 함께 변화할 수밖에 없다. 하지만 그것은 잃고 난 뒤에, 지나고 난 뒤에 후회하며 살기엔 인생이 참 짧다."

이 문장에 전적으로 공감한다. 시간이 빠르다는 것은 설명하지 않아도 모두 경험하고 있다. 그렇다면 지금 나에게 필요한 것을 찾고, 빠르게 지나가는 시간의 조정자가 될 수 있는지 잠시 눈을 감고 생각해 봐야 한다.

우리 일상에서 일어나는 모든 것을 떠올려 보기 바란다. 일터에서 일하는 것, 앉아서 책을 읽을 수 있는 것, 어제 불평했지만 내 마음이 다시 회복된 것, 아이들이 귀찮게 하거나 마음에 안 들어도 내 곁에서 있어 주는 것, 함께 여행하는 것, 비록 자신이 생각하는 만큼 돈이 없을지라도 오늘 즐겁게 살아갈 수 있는 것 등 사소한 것들이 내 주변에 많이 있다. 이런 사소한 것들이 모여서 행복이 된다. 이제 행복을 멀리서 찾지 말자. 단순하게 생각하고, 사소한 것이어도 모이면 행복이 된다는 것을 지금 느껴보자. '미리 걱정'하는 마음을 제거하면 비로소 사소함에서 오는 아름다움이 보일 것이다. 나는 다시 사소한 행복을 찾아 떠난다.

# 여행 #7 • 북극서점

## 해먹이 있는 북캉스

인천 부평구는 초행길이었다. 이곳을 가기 위해 지도를 미리 검색했다. 굴포천 지하철역에 내려 걸어서 5분이라고 해서 안심하고 왔는데, 주위를 둘러보아도 서점이 보이지 않았다. 분명 지도에는 이 근처라고 화살표가 나와 있었다. 그래도 지도 앱을 믿어보기로 했다. 왔던 길을 다시 한번 천천히 가 보는데 역시 초행길이라 어려웠다.

무더운 한여름 낮이라 행인의 모습은 찾아볼 수 없었다. 주위에 물어볼 곳도 없었다. 그동안 독립 서점을 찾다가 주변 사람들에게 물어본 적이 있었지만 매번 실패했다. 아무래도 작은 서점이다 보니 동네에 거주하시는 분들도 모르기는 마찬가지이다. 제자리를 빙빙 돌고 있는데 그때, 건물 2층의 <북극서점>이 눈에 들어왔다. 다른 사람들은 지도를 보고 잘 찾아가는데 나는 그게 어렵다. 어쨌든 겨우 목적지를 찾아서 계단으로 올라가니, 넓은 공간의 〈북극서점〉이 한눈에 들어왔다.

## 어려운 책도 술술 읽힐 듯한 분위기

서점에 들어선 순간 가장 먼저 해먹이 눈에 띄었다. 해먹이 걸려 있는 자리가 〈북극서점〉에서 가장 매력적인 장소인 것 같다. 원래 처음 방문한 장소에서 가장 먼저 눈에 띄는 것이 그곳의 정체성이자 철학을 담고 있다고 해도 전혀 손색이 없을 것이다.

서점이지만 마치 해변에 누워서 책을 읽는 듯한 느낌을 심어주려 만들었을까. 해먹이 창가 앞에 있어서 한여름을 제외하고는 창문에 비친 햇살을 맞으며 책을 읽어도 좋을 듯했다.

〈북극서점〉은 책만 파는 곳이 아니었다. 아기자기한 엽서와 다양한 문구류 등이 전시되어 있었다. 목걸이와 인형으로 만든 키링, 손거울, 카드 지갑, 브로치와 열쇠고리, 다양한 굿즈들이 유혹하고 있었다. 책을 좋아하지 않는 사람들도 서점에서 시간을 보내기 딱 좋은 곳이었다. 만약 커플이 있는데 한 사람은 책을 좋아하고 한 사람은 책을 싫어한다면 이곳은 데이트하기에 최적화된 곳이다. 〈북극서점〉에서 데이트하면 각자의 취향대로 시간을 보낼 수 있다. 책을 그다지 좋아하지 않는다면, 엽서를 보거나 문구나 팬시만 봐도 지루하지 않을 것이다. 마침 다른 손님들이 소품들을 구경하면서 즐거워하는 모습이 보였다.

다른 한쪽에는 독서 모임을 할 수 있는 예쁜 공간도 보인다. 마치 카페처럼 꾸며놓았는데 어려운 원서도 술술 읽힐 듯한 그런 분위기였다. 벽에 걸려 있는 액자 하나하나에도 신경을 쓴 듯 보였다.

무더운 여름이면 바캉스, 호캉스가 생각나는가? 이곳에서는 북캉스가 가능하다. 굳이 하와이 해변을 찾지 않아도 창가 아래 해먹에 누워 책을 읽을 수 있다. 기타를 칠 수도 있고, 색연필이 있어서 그림을 그릴 수도 있다. 곳곳에 흩어져서 자신의 존재를 알리는 초록 식물들도 분위기를 한층 더해주고 있었다.

## 해먹에 누워 시간 여행 떠나기

〈북극서점〉에 있으면 마치 여행을 온 기분이 든다. 모래사장 해변에서 볼 수 있었던 해먹에서 시작해 분위기 좋은 카페에서 들을 수 있는 기타 연주까지. 모든 상상거리들을 다 누릴 수 있는 공간이었다. 책을 보다가 잠시 지루해서 하품이 나오면 아기자기한 문구류를 보고 지루함을 떨칠 수도 있다. 예쁜 엽서 한 장을 사서 누군가에게 편지를 쓸 수도 있다. 나 역시 두 장의 엽서가 눈에 띄어서 지갑을 바로 열었다.

그리고 한 권의 책이 내게 다가왔다. 정재윤 저자의 『서울구경』이라는 책이다. 어릴 적에 '서울은 눈 감으면 코 베어가는 곳'이라는 말을 자주 듣곤 했다. 이 책은 그곳 서울의 이야기를 담아내고 있다.

80년대 서울의 모습은 나름 추억이 서려 있는 곳이었다. 지금의 서울, 수없이 많은 사람으로 북적이는 이곳은 말 그대로 '사람은 서울로 보

WORLD OF BIRDS
GHOSTBUSTERS
FUNNY BAD CAT MEMES
2025 Calendar
PORTLAND

내라.'는 속담이 현실이 된 것 같다.

메가 도시, 인구의 절반이 살아가는 공룡의 도시, 지옥철, 매연, 마천루. 어느 곳은 빌딩 숲으로 지나치게 밝고, 또 어느 곳은 한적하고 어둠이 가득한 공간이다. 80~90년대 모습은 지금과 다를 바 없다. 그때의 이곳은 '아메리칸 드림'처럼 '서울 드림'의 공간이었다. 서울에 있는 대학, 좋은 회사가 있는 환상의 도시, 대한민국의 수도를 다시금 생각나게 해 준다. 지금의 서울은 또 다른 모습이다. 지방소멸 시대라고 불릴 정도로 '서울 드림' 시즌2가 펼쳐지고 있다.

## 밤의 한강 대교 위에 늘어선 불빛 행렬

나는 초등학교 시절에 서울에서 학교를 다녔다. 그 당시 서울에 살았지만 그때의 느낌과 기억은 별로 없다. 지금까지도 기억에 남는 것은 엄마와 자주 기차를 타고 서울과 부산을 오고 갔던 기차여행이다. 당시 새마을호와 무궁화호를 타고 서울과 부산을 왕래했다. 외할머니댁이 부산이었기에 방학 동안 자주 오갔다.

어릴 적 '서울' 하면 가장 기억에 남는 것은 63빌딩이었다. 그 당시 여의도에 있는 이 빌딩은 한국에서 가장 높았고, 동양에서도 몇 손가락 안에 손꼽힐 정도였다.

그리고 당시 또 다른 서울의 상징 가운데 하나가 서울역에 내리자마자 보이는 거대한 빌딩, 과거의 대우빌딩이자 지금의 서울스퀘어 건물

GHOSTBUSTERS
STRANGE ANIMALS
SEA

이었다. 그곳은 당시 가장 면적이 큰 빌딩으로 세간의 주목을 받았다. 다들 비슷한 기억을 가지고 있을 것이다. 당시 기차를 타고 내려 서울역에서 빠져나오자마자 공룡과 같은 거대한 빌딩이 사람들을 맞이한다. 서울의 첫 관문으로 보였던 과거 대우빌딩은 "이곳이 서울이구나." 라고 실감하기에 충분한 지정학적 위치를 선점하고 있었다.

80~90년대 서울, 기차를 타고 한강을 지나다 보면 63빌딩이 가장 먼저 눈에 들어왔고, 다음으로 인상 깊었던 것은 밤의 한강 대교 위에 늘어진 차량들의 길고 긴 불빛 행렬이었다. 이 빛은 바쁜 서울 사람들, 수없이 돌아가는 보이지 않는 손, 경제적 분주함과 자본의 흐름을 상징하고도 남을 법했다.

드라마 「응답하라 1988」은 서울의 30년 전 모습을 재현해 주었다. 과거 서울을 기억하는 이들에게 그 드라마는 많은 공감을 불러일으켰다. 30~40년이 지난 지금의 서울은 희망, 꿈, 기대라는 이름보다는 양극화와 심각한 교통 대란, 고공 행진하는 집값 등으로 허덕이는 것 같다. 과거의 추억을 가진 서울은 더 이상 찾기 어려워졌다. 그럼에도 불구하고 우리나라 인구의 절반 이상은 서울과 수도권에서 살아가고 있다. 이곳 인천 도심에서 1980년대 서울의 모습을 구경하고 2024년 서울살이의 모습은 어떠한가에 대해 잠시 생각에 잠겨 본다.

## 변하지 않은 골목 안, 꿈틀대며 성장하는 공간

오늘 찾아갈 독립 서점 <비씨지북스>가 구로구 오류동에 있다는 사실에 반가웠다. 오류동은 자주 갔던 동네였다. 나는 서울에서 초등학교를 마치고 부산으로 내려가 고등학교를 마쳤다. 그리고 서울에 있는 대학에 다니기 위해 다시 상경했는데, 그때 자리 잡은 곳이 구로구 구로동이었다. 대학 시절 줄곧 살았던 동네인 데다가 구로구는 이전의 모습이 많이 남아 있어서, 곳곳에 추억이 어려 있었다. 오늘의 방문지 근처를 왕래한 것도 한두 번이 아니었는데, '등잔 밑이 어둡다'는 말처럼 이곳에 예쁘고 아늑한 독립 서점이 있을 거라곤 생각지 못했다.

익숙한 동네로 발걸음을 옮긴다. 이번 서점 여행 중에서 오늘 이곳이 가장 찾기 쉬웠다. 길 찾기 앱의 도움도 필요 없어서 마음이 한결 가벼웠다.

## 작지만 넉넉하게 품어 주는 마음

인천행 지하철 1호선 오류역에서 내렸다. <비씨지북스>는 큰 대로변에서 안쪽 골목으로 조금만 들어가니 찾을 수 있었다. 계단을 올라 2층 서점에 들어서자 아기자기한 공간이 눈에 들어왔다. 책방지기가 따뜻하게 맞이해 주었다.

커플 손님이 책을 보고 있었는데, 책방지기가 그들에게 이곳저곳을 소개해 주었다. 책방지기와 커플 손님이 주고받는 이야기에 귀가 솔깃했다. 좁은 공간이라 그들의 대화가 내 귀에 들어올 수밖에 없었다. 자연스럽게 나도 대화에 끼어들어 서점의 뒷이야기까지 자세히 들을 수

A BOOKSHOP THAT CHEERS GROWTH
BCG BOOKS
OPEN

있었다.

그녀는 회사를 퇴직하고 나서 서점을 시작했다고 한다. 처음에는 창업을 목적으로 서점을 시작했지만 막상 책방은 돈이 되지 않았다는 솔직한 이야기를 들려주었다. 그럼에도 그녀는 이곳을 통해 사회적으로 큰 뜻을 이루고 싶다고 귀띔해 주었다. 이곳에 공적, 사회적으로 지역 커뮤니티를 만들고 싶다는 것이다. 서점을 통해 나도 좋고 마을에도 좋은 일들, 나도 일이 있어 좋고, 마을 공동체도 이곳에서 모임을 하거나 책을 읽을 수 있는 공간이 있어서 좋은, 누이 좋고 매부 좋은 곳을 꿈꾸고 있다.

정말 이곳은 마을의 쉼터처럼 느껴졌다. 편하게 놀러 올 수 있고, 굳이 책을 구입하지 않더라도 충분히 넉넉함을 채워갈 수 있다. 서점 한쪽 벽에 걸린 그림들이 눈에 띄었다. 책방지기가 우리 골목의 풍경을 표현한 그림이라고 설명해 주었다.

## 핵개인 시대의 자화상

예쁜 서점과 책방지기의 책방 소개에 푹 빠진 나머지 책을 고른다는 것을 깜빡 잊고 있었다. 최근의 베스트셀러들도 책장 가장자리에 자리 잡고 있었다. 이곳으로 오면서 많은 인파로 붐비는 영등포와 신도림을 거치다 보니, 군중 속의 개인에 대한 생각이 머리에서 떠나지 않던 터였다.

서울 도심에 모여 사는 수많은 1인 가구들을 생각하던 차에, 마침 한 권의 책이 눈에 들어왔다. 『시대예보; 핵개인의 시대』라는 책이었다. 대충 책 제목만 봐도 어떤 의미에서 저자가 책을 썼을지 대략 짐작이 갈 것이다. 대가족에서 핵가족으로의 변화 그에 더해 지금은 1, 2인 가족으로 변화했다. 그로 인해 달라진 사회의 모습을 글로 적어 내려간 듯했다.

송길영 저자는 '가족'에 대해 말한다. 특히 한국 사회에서 자녀를 끔찍이 아끼는 부모의 삶과 책임에 대해 말한다. 자식에 대한 부모의 사랑이 우리나라만큼 강한 곳을 찾기란 쉽지 않다. 특히 자녀의 사교육과 결혼까지 뒷바라지하는 한국 부모의 열정은 가히 놀랄 만하다. 하지만 부모가 어린 자녀를 돌보고 나중에 나이 들어 그 자녀들이 다시 부모를 돌보는 상호의존적이고 순환적인 형태의 가족은 더 이상 현시대에서 찾기 어렵다고 책에서는 말한다.

지금 한국 사회는 1인 가구 천만 시대를 향해 가고 있다. 핵가족에서 핵개인 시대로 접어든 지 오래되었다. 무엇보다 수도권에 편중된 경제적, 사회·문화적 요인으로 인해 지방에서 젊은 청년들이 수도권으로 모여든다. 서울 도심에는 1인 가구를 위한 원룸들이 장사진을 이루고 있고, 핵개인의 사회 구조는 점점 가속화되고 있다. 과거에는 「한지붕 세 가족」, 「딸부잣집」 같은 대가족을 소재로 다루는 드라마가 많았다. 「응답하라 1988」은 그 시절의 정서를 그대로 담은 드라마로 인기를 끌기도 했다. 그때는 대가족을 이룬 가정들이 많았기에 드라마 속 대가족의 이야기는 공감을 이끌 수밖에 없었다.

드라마 속 대가족의 이야기에서는 가족 구성원들이 많다 보니 하루가 멀다 하고 온갖 사건이 여기저기서 터져 나온다. 그러면 할아버지, 할머니 그리고 아버지와 어머니가 서로 머리를 맞대고 해결해 나가는 모습을 그려낸다. 그래도 그 시절에는 그게 추억이고 삶이었다.

핵가족에서 핵개인의 시대로 접어든 지금, 현세대는 과거 대가족 드라마에서 다룬 주제와 식구들이 만들어내는 이야기를 어떻게 받아들일까. 그들에게 가족 그리고 부모님의 존재의 의미는 무엇일까.

많은 젊은이들이 학업이나 직장생활로 1인 가구를 이루며 살아간다. 부모님이나 다른 가족들과 떨어져 지내다 보면 자주 못 보다 보니 가족인데도 어색해지는 경우도 생긴다. 지방에 계신 부모님과 형제자매들에게 내일은 안부 전화를 걸어보면 좋겠다. 가족에게 무슨 이야기를 할지 미리 마음으로 적어 내려가 보면 대화가 끊이지 않을 것이다. 멀고도 가깝고, 가깝고도 먼 가족이 문득 그리워지는 시간이다.

PHILOSOPHOS

# THINKING TRAVEL

소
통

# 소통 #1 • 조은이책

## 백년의 시대를 이어주는 통로가 되길

그림책 속에 등장했던 캐릭터들이 나올법한 곳이 서울시 마포구에 있다. 그림책 전문 출판사인 한솔수북 전(前) 대표가 개인적으로 운영하는 〈조은이책〉이다. 나는 책방에 들어선 순간 그림책 나라로 들어간 듯한 기분이 들었다.

서가에는 그림책을 비롯해서 일반 서적들도 비치되어 있었다. 입구 정면에 커피와 차 만드는 공간이 있었고, 오른쪽에는 모임 공간이 있었다. 이곳에서는 독서 모임이나 작가와의 대화 등 다채로운 모임이 진행된다. 책이 소재가 되지 않아도 좋다. 사람들과 다양한 주제의 이야기를 나누다 보면 자연스럽게 책으로 들어가는 것 같았다.

곳곳에 붙어 있는 포스터를 보면서 책방이 지향하는 바를 짐작할 수 있었다. 책방지기는 마포구의 주민뿐만 아니라 오고 가는 사람들이 편

하게 들를 수 있는 공간을 만들고 싶어 했다. 이렇듯 마을과 사람을 연결하려는 작은 책방들의 노력을 곳곳에서 목격할 때면 마음이 벅차오르곤 한다.

지식은 책에서만 나오는 것이 아니라 사람과 사람 사이에서 만들어져야 한다. 이런 지식은 경험을 나누고, 생각을 공유하면서 확장된다. 사실 이런 일은 책방 홀로의 노력만으론 힘들다. 동네 책방이 단단하게 지탱될 수 있도록 마을 공동체와 지자체 등의 협력이 필요하다.

퇴근 후 자신만의 공간에 틀어박혀 책 속으로 빠져들고 싶을 때, 집에만 있기 따분할 때, 홀로 있는 시간을 즐기고 싶을 때, 마음을 움직일 수 있는 문장을 발견하고 싶을 때 동네 책방으로 슬슬 걸어가, 책 한 권 집어 들면 어떨까.

## 책 읽어주는 마법사 할머니

〈조은이책〉의 책방지기는 잠깐 운영하고 사라지는 책방이 아니라 100년이 유지되는 책방을 만드는 것이 꿈이라고 말했다. 그만큼 책방에 대한 애착이 강했다. 외국의 경우에는 책방이 일상의 공간으로 넓게 퍼져 있다. 작은 책방들이 모여서 지역과 사회의 문화를 공유하고 그 지방의 역사를 간직하는 모습도 볼 수 있다. '100년'이라는 시간은 결코 짧지가 않다. 그 정도 시간이면 사람뿐만 아니라 문명도 바뀌게 된다. 앞으로는 우리나라에도 100년이 넘는 동네 책방이 많아져서 시대를 연결하는 통로가 되어주길 희망해본다.

한편 책방지기는 출판사에서 은퇴한 후 책방에서 동네 아이들에게 책 읽어주는 '할머니'를 자처했다. 아이들에게 빙 둘러싸여 책을 읽어주는 마법사 같은 할머니 모습이 연상된다. 앞에서도 말했지만 나는 어릴 적 여름 방학이면 할머니 댁에 가곤 했다. 저녁마다 할머니는 나를 앉혀 놓고 "옛날, 옛날 아주 먼 옛날에" 하시면서 이야기를 들려주셨다. 그때는 할머니가 이야기하는 마법사같이 느껴졌다. 항상 할머니의 이야기는 비슷하게 들렸지만 다른 주제였다. 그래서 나는 할머니가 들려주는 이야기가 너무 재미있었고 설레는 마음으로 다음 이야기를 기다렸다. 나의 어릴 적 추억을 떠올리면서 이곳을 보니, 남달리 정겹게 느껴진다. 이 책방이 아이들과 사람들에게 추억의 공간이 되었으면 좋겠다.

## 같은 장소에 쌓이는 다른 추억

이곳에서 고른 책 『같은 장소 다른 추억』(김찬휘·김형진 외 1 저자)은 각 장소마다 과거와 현재를 사진으로 비교하면서 그곳에 담긴 역사와 추억을 살펴보고 있었다. 사진은 과거 세대와 다음 세대를 연결해 주면서 소통할 수 있게 해준다. 즉, 과거와 현재, 미래를 연결하는 타임캡슐의 역할을 해주는 것이다. 사진은 개인이나 공동체에 중요한 자료이자 소중한 유산이다. 이 책을 읽다 보니, 추억의 사진을 꺼내서 가족이나 친구들, 동아리 모임 등에서 우리만의 이야기책을 만들어보는 것도 좋겠다는 생각이

Miffy in Korean Hanbok
STAR WARS

들었다.

그런데 과거 사진 속의 내 모습을 바라볼 때면 왜 그렇게 부끄러운지 모르겠다. 우연히 지난 사진을 발견하면 조용히 서랍 속으로 밀어 넣거나 영원히 삭제해 버리고 싶은 심정이다. 하지만 그 부끄러운 사진도 나의 소중한 자료이다. 얼마 전 유행했던 것 중에 어릴 때 아빠나 엄마와 찍었던 사진을 성인이 되어서 똑같은 장소에서 재현하는 것이 있었다. 비교된 사진 속 주인공들의 모습에 세월의 흔적은 있었지만 자연스럽게 나오는 웃음, 장난스러운 표정은 변함이 없었다.

우리는 과거와 현재의 같은 장소에서 다른 추억들을 만들어 가고 있다. 대표적으로 덕수궁, 광화문, 숭례문 등은 오랜 세월의 흔적을 간직하면서 지금까지 견뎌왔다. 그 앞에서 우리가 느끼는 감정만이 달라져 왔다. 지금껏 이어지는 역사의 현장을 찾을 때마다 좋았던 날도, 슬펐던 날도 떠오른다. 그렇게 사진은 잊고 있었던 '첫 마음'을 다시 회복하게 만들어주는 힘이 있다.

한편으로 사진을 통해 부끄러운 장소도 볼 수 있다. 우리나라를 대표하는 장소인 광화문. 지금은 관광객으로 북적거리지만, 과거 계엄령이 선포되었을 때는 탱크가 서 있었고, 그 앞에서 사람들이 피를 흘리며 민주주의를 위해 싸우다가 이슬로 사라진 곳이기도 하다. 이렇게 역사의 명암을 안고 있는 장소의 사진은 다시는 아픈 과거로 되돌아가서는 안 된다는 사명감을 일깨워 준다. 동시에 좋은 날들의 추억도 선사해 준다.

## 추억의 소환장을 꺼내 들고

나도 앨범에서 사진 한 장을 꺼내 보았다. 부모님을 모시고 강원도 고성을 방문한 사진이다. 바닷가를 배경으로 벤치에 앉거니 서거니 한 가족의 모습이 담겨 있었다. 불과 4~5년 전의 사진인데 그때가 훨씬 젊어 보인다. 사진을 보고 있노라니, 가족들에게 더 잘해야겠다는 마음이 들면서 가족사진을 더 많이 남겨야겠다는 다짐도 하게 된다. 가족사진을 시기별로 보관하면서 비교해 보는 것도 재미있을 것 같다.

또 다른 사진은 이번 서점 여행 중에 어느 책방지기와 찍은 것이다. 약간의 어색함도 보이지만, 오랫동안 알고 지낸 사람처럼 친근함도 느껴졌다. 그리고 당시 방문했던 책방이 눈앞에 펼쳐지며 책방지기와 나누었던 대화까지 생생하게 떠올랐다. 이처럼 사진은 추억의 소환장이나 다름이 없다.

한 장의 사진에 담긴 이야기들을 이번 기회에 새롭게 발견한 것 같다. 정리도 안 된 사진들, 과거의 흔적이 남아 있는 흑백사진들을 들춰 본다. 어릴 때 친구들과 놀던 사진, 백일에 찍었다는 내 사진, 차 한 잔 마시는 모습을 낭만적으로 찍어 준 사진, 폼 잡고 책 읽는 모습으로 설정한 사진들이 지금의 '나'를 있게 만든 것 같다.

# 소통 #2 • 서점 카프카

## 담쟁이넝쿨 뒤 카프카의 집

기온이 35도에 육박했던 날, 전주 버스터미널에서 내려 공유자전거를 타고 서점으로 향했다. 자전거를 타며 낭만적으로 달리는 모습을 그렸지만 현실은 생각한 것과 달랐다. 땀이 비 오듯 흘러내려서 티셔츠와 바지까지 온통 젖었다. 집으로 돌아가고 싶었지만, 되돌아갈 길도 너무 멀었다. 하지만 30분쯤 달려 서점 앞에 도착했을 때, 이런 마음이 싹 바뀌었다. 건물 입구를 둘러싸고 있는 담쟁이넝쿨이 시원하게 반겨주는 듯했기 때문이다. 누가 전주까지 방문한 나를 반겨주겠는가? 간혹 서점을 방문하면서 '왜 나는 이곳에 왔지?' 하는 의문이 들 때가 있다. 그런 물음은 〈서점 카프카〉에 들어서면서 해소되었다.

〈서점 카프카〉에는 특유의 색깔이 있었다. 서점은 오래된 건물 2층에 자리하고 있었고, 입구에 들어선 순간 근대 유럽의 어느 가정집을

COFFEE
&
BOOK

방문한 느낌이 들었다. 서양의 옛날과 현대가 공존하는 분위기라고 할까. 카프카의 작품을 읽지 않았거나 잘 몰라도 서점 곳곳에서 그를 느낄 수 있었다. 한 가지 신선했던 연출은 책이 가득 들어 있는 여행용 캐리어가 여기저기에 있었다는 점이다. 나도 언제든 떠날 수 있는 여행자의 삶을 살고 있기 때문에 공감이 갔다. 불안한 현실, 불확실한 미래를 생각하면 우울해지는 현실에서 그 캐리어는 답답함을 풀어주는 상징처럼 느껴졌다.

〈서점 카프카〉는 LP 턴테이블에서 흘러나오는 음악이 잘 어울리는 곳이다. 책을 구입한 후 창가에 놓인 책상에 앉아 책을 읽으면, 그 옆자리에 그 책의 저자가 조용히 와서 앉을 것만 같다.

## 삐그덕거리는 낡은 마룻바닥을 거닐며

서점의 바닥은 70~80년대 초등학교 마루가 연상되었다. 오래된 갈색 마룻바닥이어서 밟을 때 삐걱삐걱 소리가 났다. 책 읽는 사람들에게 방해가 될 것 같아서 조용하게 다녔지만 크게 신경 쓰는 분위기는 아니었다. 이런 분위기조차 사람들이 오고 가는 공간이라는 것을 보여준다. 오늘 나에게 그랬던 것처럼, 서점의 마루는 사람들이 자신만의 책을 만날 수 있도록 버팀목이 되어준 흔적을 간직하고 있었다. 이런 흔적은 인위적으로 만든 것이 아니라 오랜 세월 사람들의 손길과 발길에 닳고 닳아 자연스럽게 고풍스러운 분위기가 된 것이다.

책방지기는 카프카의 문학 세계에 대한 남다른 애정이 있는 것 같았다. 프란츠 카프카(F. Kafka)의 책들, 캐리어의 연출, 또 다른 분야의 책들과 그 옆에 메모한 내용들을 통해 자신만의 관심 분야를 잘 드러내 주고 있었다. 나는 평소 문학을 접할 기회가 많지 않았지만, 이번 기회에 관심 분야를 늘려보고 싶은 생각이 들었다. 대학 시절 어떤 선생님이 강의 시간에 "책을 닥치는 대로 읽어라."라고 말씀해 주셨다. 그때는 좀처럼 이해가 되지 않았던 그 말이 이곳에서 꼼지락꼼지락 올라오는 기분이 들었다. 책을 편식하는 것도 편협한 자기만의 세상을 만들 수 있기에 관심 분야를 넓혀보는 것도 좋을 것이다.

## 사랑에 사랑이 없는 이유

우리는 어떤 사랑을 하고 있을까? 과연 그 사랑이 올바른 것일까? 그리고 사랑을 한다면 전제되어야 하는 것이 있는가? 사랑에 대해 다양한 질문을 해볼 수 있다. 서점에서 발견한 책은 김소연 저자의 『사랑에는 사랑이 없다』이다. 책 제목이 주는 의미가 궁금해서 선택하게 되었다.

아마도 사랑에 대한 주제는 인류가 이 땅에 존재하는 한 사라질 수 없을 것이다. 필연적으로 우리는 사랑하며 살 수밖에 없는 존재니까. 그런데 왜 저자는 '사랑에는 사랑이 없다'라고 말하는 걸까? 우리는 사랑하며 살고 있고, 그 사랑 때문에 마음 아파하면서 성장하고 있다. 그런 사랑이라도 꼭 해야만 할까? 때론 사랑이라는 이름을 가장해서 큰 상처를 주기

OPEN
KAFKA
Book Shop
서점카프카
책은 우리 안의 얼어붙은 바다를 깨는 도끼여야 한다 -카프카
B1,3F
1F

BOOK CAF
COFFE

KAFKA

도 하는데.

저자는 '가장된' 사랑에 대한 메시지를 던져 준다. 그리고 사랑의 잘못된 방향에 대해 고민할 수 있는 여지를 주고 있다. 사랑은 어떤 의미일까? 그리고 사랑은 어떻게 해야 할까? 사실 사랑의 방법을 알려줄 수 있는 사람은 그리 많지 않을 것 같다.

「님아, 그 강을 건너지 마오」라는 다큐멘터리 영화가 있다. 그 영화를 본 사람들은 사랑에 대해 깊이 생각할 수 있었을 것이다. 영화의 주인공은 98세 할아버지와 89세 할머니다. 두 사람은 단순한 결혼 생활이 아닌 '사랑'이 결혼이고 '결혼'이 사랑이라는 공식으로 '진짜' 사랑을 보여주고 있다. 나는 그 영화를 보면서 저것이 '최고의 사랑이 아닐까.' 하고 생각했다. 한결같은 마음으로 서로를 사랑한다는 것이 정말 쉽지 않다. 젊을 때는 보기만 해도 좋고 마음이 두근두근 하지만 오랜 시간이 지나면서 상대에 대한 설렘이 점점 줄어드는 경험을 하게 된다. 그래서 어른들이 "나이 들면 '정(情)'으로 사는 거야."라고 말씀하신 것 같다. 결국 사랑은 '정'이라는 모습으로 변해버린다.

우리는 사랑을 어디서 배우고 있는 걸까? 소설이나 드라마나 영화에서는 사랑을 낭만적으로 그린다. 꼭 그런 사랑이 나쁘다는 것이 아니다. 단지 사랑이 지나치게 세련되고 화려하게 묘사된다는 우려가 있다. 사랑에는 아픔도 있고 이별도 있고 행복도 있다는 것을 경험하는 것도 중요하겠지만, 그 사랑이 진짜인지 생각해 볼 필요가 있다.

책 중간에 이런 내용이 있다.

"판에 박힌 것을 싫어하면서도 스스로 판 속으로 들어간다."

사랑은 다른 사람에게 맞출 필요도 없고, 맞추기 위해서 화려하게 포장할 필요도 없다. 타인의 시선에서 탈피할 때 자유롭게 자신의 사랑을 만들어 갈 수 있다. 그런 사랑에 '진짜 사랑'이 움트기 시작하게 된다.

## 이 시대의 진정한 사랑의 의미

나는 요즘 서점을 다니면서 행복한 시간을 보내고 있다. 그리고 '사랑'에 대한 주제를 이 여백에 쓸 수 있는 기회도 주어졌다. 그럼 잠깐 여기에 사랑을 그려보겠다. 참 재미있는 것은 '사랑에는 사랑이 없다'라는 주제를 생각하면서 다른 책을 읽다가 실마리를 찾았다. 사랑에 사랑이 '없다 혹은 있다'라는 것을 단순하게 생각해 볼 수 있다. 만약 사랑에 사랑이 없다면, 그것은 사랑이 아닐 것이다. 사랑이 아닌 다른 어떤 것이 되어야 한다. 사랑에 사랑이 없는데 굳이 그것을 사랑으로 표현할 것이 아니라 '가식 혹은 사랑을 가장한 사기' 정도로 표현할 수 있을 것이다. 안타깝지만 이는 우리 주변에서 종종 일어나는 일이다.

사랑하고 있다면 '사랑'을 실행하면 된다. 그런데 문제는 그 사랑이 무엇인지 모른다는 것이다. 예를 들면 가족은 그 자체가 사랑의 대상이다. 함께 나눈 일상의 순간은 추억이기도 하지만 때때로 흑역사가 되기도 한다. 서로의 흑역사까지 포함한 모든 것을 수용하는 것은 쉽지 않은 일이지만, 그 사람 자체를 있는 그대로 받아들이는 데에서 사랑이 시작된다.

단순히 입버릇처럼 "사랑해"라는 말을 반복하는 것은 알맹이가 없는 '겉' 사랑에 불과하다. 상대를 사랑하는 것은 마음 깊숙한 곳에서부터 시작되는 것이다. 과거 모습부터 현재와 미래 모습까지 그 자체를 수용하고 이해할 수 있는 '사랑' 말이다.

# 소통 #3 • 제주 풀무질

## 변화의 바람을 일으키는 풀무질

제주공항에서 1시간 남짓 떨어진 거리에 독립 서점 〈제주 풀무질〉이 있다. 나는 책방지기와 미리 약속하고 이곳을 찾아갔다. 그 덕분인지 처음 방문하는 곳이었음에도, 친구나 지인을 찾아가는 것 같았다. 계획 없이 가는 것과는 사뭇 느낌이 달랐다. 렌터카를 타고 제주 시내를 벗어나니 도보, 자전거, 오토바이 등으로 이동하는 사람들이 많이 보였다. 사실 제주도 서점은 여유롭게 걷거나 자전거로 이동하며 돌아보고 싶었지만 여유가 없어서 아쉬웠다.

해양 도로를 따라 달리다 보니 어느덧 책방 진입로가 나타났다. 동네 분위기는 아담하면서 색다른 분위기를 연출했다. 제주 특유의 돌담과 당근밭, 그리고 집들이 옹기종기 모여 있었다. 나도 모르게 핸드폰을 꺼내 사진을 찍고 목적지로 이동했다.

〈제주 풀무질〉은 제주 전통 가옥의 느낌을 잘 살린 단층 주택이었다. 책방 내부로 들어가니 채광이 책과 잘 어우러져서 마음이 편안해졌다. 한쪽 벽에는 방문객들이 명함을 붙여 흔적을 남겨두었다.

## 봄에 씨 뿌리고 가을에 수확하듯 책 농사 짓기

<제주 풀무질>은 마을 사람과 함께 울기도 하고 웃기도 하는 곳이었다. 한마디로 책만 파는 곳이 아니라 따스한 온정을 나누는 곳이었다. 이곳은 마치 농사를 짓는 것처럼 봄에 씨를 뿌리고 가을에 수확물을 거둬들이는 장소로 느껴졌다. '논과 밭에서만 농사를 짓는 것이 아니라 책으로 사람들과 소통하면서 삶을 공유하는 것도 농사'라는 생각이 들었다.

내가 만난 책방지기는 생태 평화와 인권 문제에 남다른 열정을 보여주는 분이었다. 또한 마을의 책 읽기 모임에서 삶을 나누고, 제주도 지역 난개발을 막는 데 힘을 싣고 있었다. 이런 생각이 사람들에게 전달되는 것이 '풀무질'이 아니고 무엇이겠는가.

나는 담소를 나누면서 그의 자연에 대한 애틋한 마음도 느낄 수 있었다. 책방의 화장실에는 일회용 휴지가 아니라 작은 면 손수건을 비치해서 환경오염을 줄이려는 노력이 엿보였다. 이런 실천들이 방문하는 사람들에게도 다시 한번 자연을 생각하는 기회를 준다. 나는 이곳에서 생각의 풍성한 재료들을 찾아 돌아간다.

## 깊이 생각하며 산다는 것

이곳에서 추천받은 책은 '생각'과 관련된 책이었다. 개인적으로 읽고 싶었던 주제여서 기대감이 몰려왔다. 『생각한다는 것』의 고병권 저자는 어려울 수 있는 주제를 청소년의 눈높이에 맞춰 쉽게 정리해 주었다. 우리는 세상에 있는 동안 '생각'하며 살아가야 한다. 저자는 생각을 '사고의 공간'으로 표현하고 있다. 이 사고의 공간은 주변의 다양한 경험을 저장한 후 생각으로 끌어내는 곳이며, 물론 사람마다 사고의 공간은 다르다. 그 공간에서 자신만의 생각을 결정하게 된다. 우리가 생각한다는 것은 더 깊이 있게 살피고 좋은 방법을 찾는 것이다. 하지만 내 경우를 보더라도 생각한 것과 생각하지 않은 것의 차이가 없을 때가 있다. 그것은 생각을 가볍게 여기거나 습관적으로 생각한 데서 오는 결과다.

이 책에서 알렉산더 대왕과 디오게네스의 대화 중 이런 예가 나온다. 두 사람이 처음 만나서 자신들을 소개하면서 한 사람은 대왕이고 또 다른 사람은 하찮은 '개'에 불과하다고 말했다. 알렉산더는 디오게네스에게 자신이 두렵지 않은지 물었다. 그러자 디오게네스는 대답 대신 이렇게 물었다. "당신은 좋은 사람인가요, 나쁜 사람인가요?" 알렉산더는 대답한다. "나는 좋은 사람이다." 디오게네스가 다시금 반문했다. "내가 좋은 사람을 왜 두려워해야 한단 말입니까?"

여기에서 좋은 사람이라는 것은 그런 행동을 하는 사람인 것이다. 문제는 좋은 사람이라고 말하고 나쁜 행동을 하는 사람이다. 안타깝게도 우리 주변에 그런 사람이 종종 있다. 자신이 말한 것과 다르게 행동하는 사람이다. 결국 타인에게 피해를 주는 사람은 생각보다 감정에

휘둘리거나 살아온 습관에 따라 행동하기 때문에 타인으로부터 환영을 받지 못한다.

최근 뉴스나 SNS에서 데이트 폭력이나 음주 운전, 촉법소년, 아파트 층간 소음 등의 문제를 자주 접하게 된다. 이 문제의 공통점은 생각한 것과 다르게 행동하는 것이다. 우리가 생각하며 산다는 것은 앞과 뒤의 상황을 따져보는 것이다. 내가 한 행동이 어떤 결과를 가져올지 생각해 보고, 나의 자유가 소중하다면 다른 사람에게도 소중하다는 것을 알아야 한다. 적어도 생각한다는 것은 '익숙한 것'을 벗어내는 것이며, 생각이 앞서도록 기회를 주는 것이다.

## 생각은 외딴섬이 아니다

철학한다는 것은 단순히 생각만 하는 것이 아니다. 그 생각을 과연 삶 속에서 어떻게 실천할지 고민이 따라야 한다. 좋은 생각은 자신만 좋은 것이 아니라 다른 사람에게도 유용할 때 가치가 있다. 아무리 나에게 좋은 생각일지라도 상대방에게 피해가 간다면 결코 좋은 생각이라고 말할 수 없다.

우리는 종종 기분에 따라 가까운 사람에게 짜증을 부릴 때가 있다. 잘 안되는 일이 생기면 그 스트레스를 가족에게 풀고 사과만 반복한다. 이런 행동이 매우 나쁘다는 것을 알면서도 습관적으로 하게 된다. 이는 '생각'할 틈을 주지 않기 때문이다. 결국 생각한다고 말만 할 뿐,

생각의 제어를 받지 않고 자신의 감정에만 의존하는 것에 불과하다. 생각한 결과가 나오게 하기 위해서는 반드시 생각이 앞서야 한다. 그렇지 않고서는 어떤 변화도 일어나지 않는다.

생각은 외딴섬이 아니다. 아무리 멋진 옷이 있어도 그 옷을 입고 외출해야 옷이 빛을 발할 수 있다. 마찬가지로 우리의 생각도 좋은 방법, 아이디어가 떠오르면 행동이 따라야 한다. 내가 아무리 좋은 생각을 했어도 그것을 글로 남기거나 실행하지 않으면 자신의 것이 될 수 없다. 생각하고 있다면, 생각에 따라 움직이면 된다. 생각하는 사람은 자신이 오른쪽으로 가야겠다고 생각하면, 오른쪽으로 가면 된다. 그런데 항상 익숙한 것을 따르면, 원하지 않는 결과가 따라 올 수 있다. 생각이 행동과 조화를 이룰 때 비로소 '생각'했다고 말할 수 있다.

# 소통 #4 • 강다방이야기공장

## 이야기와 사람을 연결해 주는 책의 디미방

<강다방이야기공장>은 강릉을 여행하는 사람들이 추억을 담아 가기에 충분한 책방이었다. 내가 방문한 날에도 여행자로 보이는 사람들이 자신에게 1년 뒤에 도착하는 '느리게 가는 엽서'를 쓰고 있었다. 아담한 실내에는 강릉의 여행지나 다른 책방을 담은 사진과 소책자들이 많이 보였다. 이곳은 마치 게스트하우스처럼 작은 이야기들을 풀어 놓는 사랑방 같은 느낌이었다. 봄, 여름, 가을, 겨울 이곳에서 자신들의 여행담을 나누면서 친구가 되어가고 그 이야기들이 책으로 변해서 나올 수 있는 공간이었다.

책방은 소박했지만, 조명이 비추지 않아도 누구나 편하게 방문할 수 있는 그런 곳이다. 나 또한 이곳에서 그런 여행자의 편안함을 누리면서 책을 구경할 수 있었다. 책의 종류는 생각보다 다양하게 비치되어 있었

고, 책 소개에 대한 메모도 잘 되어 있어서 선택하는 데 도움이 되었다.

〈강다방이야기공장〉은 그 이름처럼 '방문자들의 수다'가 활발하게 이루어져서 맛을 내는 '음식 디미방' 같은 책방이었다. 음식디미방은 17세기 중엽, 경북 영양지방에 살았던 사대부가의 여인이 가문의 음식 전통을 이어가고자 써 내려간 조리서다. 이 해석은 책방지기에게 들은 이야기를 내 나름대로 재해석한 것이다. 책방은 결코 크기와 화려함으로 평가되는 곳이 아니라, 그곳에서 공유되는 경험으로 평가되어야 한다.

물론 내가 전국 책방을 방문한 것은 아니지만, 책방들은 목적이 분명해 보였다. 사람들에게 다가가려는 메시지를 끊임없이 주고 있었다. 그래서일까? 책방은 예나 지금이나 우리 곁을 떠난 적이 없었다. 책이 있던 시대부터 여전히 문을 열고 사람들에게 종이에 담은 각종 유산을 전달하고 있다. 조선 시대에는 '책쾌(冊儈;지금의 책방지기)'라는 사람들이 그 역할을 했었다. 이처럼 책방은 숨은 이야기들을 간직하며 지금까지 이어져 내려오고 있다.

## 이야기라는 무형을 책으로 유형화 하기

책방지기는 나에게 〈강다방이야기공장〉이 지니는 의미를 풀어주었다. "이야기는 무형의 의미이고 공장은 물건을 만들어 내는 유형의 의미로, 〈강다방이야기공장〉은 사람들의 이야기를 기록으로 남기는 공장" 같은 곳을 뜻했다. 책방 이름이 이렇게 멋있어도 되나 싶은 생각이 들었다. 서점의 이름도 그냥 좋다고 붙이는 것이 아니라, 나름의 경험과 사유에서 나오는 것이 아닐까 싶다.

그의 설명을 들으면서 '이야기는 무형'이라는 부분에서 잠시 생각이 멈췄다. 책방은 사람들의 이야기를 전달하려는 역할을 하고 있다. 이런 이야기가 만들어지기 위해서는 많은 시간과 노력을 투자해야만 한다. 책들은 무형의 이야기들이 모여 세상에 나오게 된 것이다. 하지만 우리는 이야기가 '무형'이라고 생각해서 함부로 말하는 경우가 있다. 어쩌면 나로부터 시작되는 사소한 이야기도 상처가 될 수 있거나 추악한 이야기로 남을 수 있다는 것을 되새겨봐야 한다.

'문장 뽑기'의 메시지를 독자들과 나누고 싶어서 소개한다. "일이 좀 꼬이면 그냥 오늘은 그런 날인가 보다 하는 것도 지혜입니다. 자전거 타기 같은 거죠. 자전거는 쓰러지는 방향으로 가 줘야지 복원력이 생기거든요. 오늘은 인생이 나를 이쪽으로 가라고 하나 보다 하고 힘을 빼고 가다 보면, 또 금세 오뚝이처럼 똑바로 서게 됩니다(감창완. 『안녕, 나의 모든 하루』)."

## 매일매일 자신에게 던지는 질문

이곳에서 마주한 책 『질문일기 365』는 질문만으로 구성되어 있다. 이 책은 자신을 알아가기 위해 '365가지 물음표'에 대해 질문일기를 써가는 형식이다. 때론 글밥이 많은 책보다 여백을 살려서 생각할 수 있는 물음을 주는 책도 마음에 든다. 우리는 너무 많은 정보의 홍수 속에서 계속 읽고 요약하면서 생각할 틈도 없이 살아왔다. 특히 책은 정보와 지식을 주기 위해 끊임없이 출판되고 있다. 그래서 초등학생보다 청년들이 글밥이 많은 책을 싫어하는 것일 수 있다. 가끔은 책을 선택할 때 글밥이 적고 자신이 채워가야 하는 책의 형식도 좋은 듯하다. 물론 개인의 취향에 따라 선택하면 된다.

책 내용 중에서 몇 가지 질문에 대한 내 생각을 간략하게 적어보려고

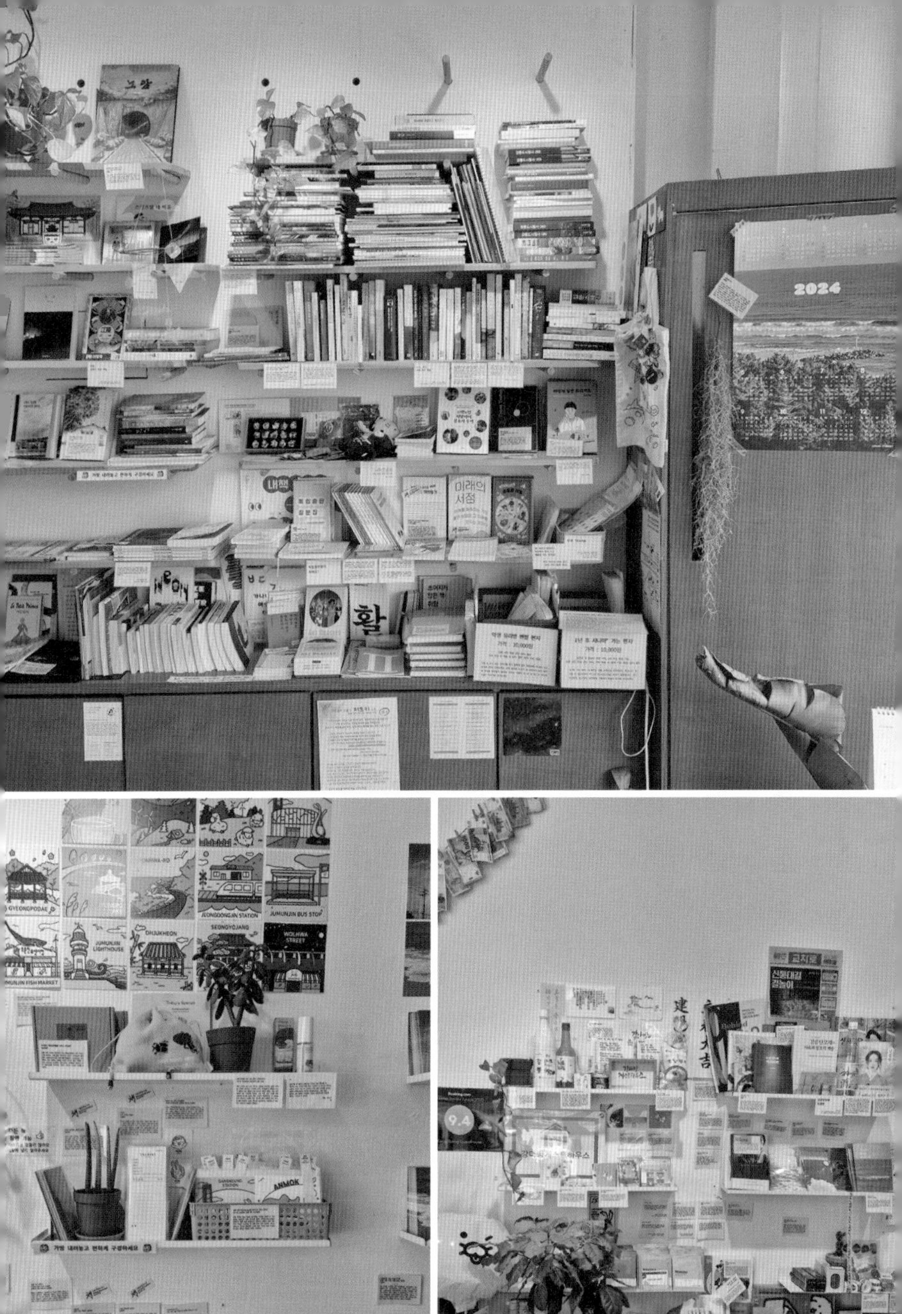
2024
미래의 서점
활
Le Petit Prince

GYEONGPODAE
JEONGDONGJIN STATION
JUMUNJIN BUS STOP
JUMUNJIN LIGHTHOUSE
OHJUKHEON
SEONGYOJANG
WOLHWA STREET
JUMUNJIN FISH MARKET
ANMOK
가방 내려놓고 편하게 구경하세요
9.4

한다. 먼저, 한 달 살기를 한다면 무엇을 해보고 싶은지? 최근 들어 한 달 살기에 대해 생각하고 있었다. 만약 나에게 한 달 살기의 시간이 주어진다면, 변산반도나 제주도의 한적한 장소에서 지내면서 다른 이들과 생각하는 방법을 나눠보고 싶다. 주변에 책방이나 학교가 있다면, 협업해서 아이들과 함께 마을도 탐방해 보고 다른 지역의 아이들과 생각을 나눌 수 있는 프로그램을 만들어보는 것이다. 그리고 책도 읽고, 그 지역을 자전거로 여행하면서 나를 성찰하는 시간으로 만들고 싶다.

책의 다음 질문은 좋아하는 시 한 편을 적어보는 것이다. 한 학생이 지은 '시(詩)'인데 가끔 꺼내서 읽어보곤 한다. 다듬어지지는 않았지만, 학생의 순수한 생각을 느낄 수 있고 자연에서 오는 느낌을 솔직하게 표현하는 것이 좋아서 적어본다.

밤

밤하늘에 비치는 달의 모습
활짝 웃는 우리 엄마 같고
밤하늘에 비치는 별은
우리 반 선생님 같네
밤하늘은 참 아름답다.

## 진정한 자신을 발견하기 위해

나에게 '질문'은 생각하는 언어이다. 우리는 생각하는 것보다 듣거나 보는 것을 더 좋아한다. 생각하는 것이 싫은 이유는 머리가 아프고 몸을 귀찮게 만들기 때문이다. 오히려 남이 만들어 놓은 생각에 공감하는 것을 더 선호한다. 그래서 사람들은 간략한 질문은 좋아해도 복잡한 질문은 우선 회피하려 한다. 그런데 우리가 살면서 단순한 질문만 할 수 있는가? 살다 보면 자신의 의사와 무관하게 힘든 질문들이 쏟아질 때가 있다. 그리고 힘든 결정을 내려야 하는 순간 올바른 선택인지 망설여지는 경우도 많다. 그렇다면 우리는 어떤 질문을 하며 살아갈 때 좋은 생각을 만들 수 있을까?

여기에 대한 대답은 결국 자신에게 있다. 아마도 멋진 답을 기대했던 분들은 실망이 클 것이다. 그리고 '나도 그런 뻔한 답은 말할 수 있다.'라고 생각할 것이다. 하지만 이것이 줄 수 있는 최선의 답이다. 어떤 경우 철학 관련 책을 읽으면서 자신의 삶, 행복, 인생의 지혜를 구하려 했지만 "그래서, 뭐야?" 하는 경험을 해봤을 것이다. 아무리 책 내용을 다시 읽어봐도 시원한 답을 주지 않는다. 철학의 아버지라고 불리는 소크라테스도 마찬가지이다. 그는 주변의 사람들에게 호불호가 분명하게 나누어지는 사람이었다. 어떤 사람들은 지혜의 대가라고 했고, 어떤 사람들은 알고 있는 사실을 반복하는 사람으로 여겼다. 하지만 소크라테스가 원했던 것은 답보다 스스로 생각하면서 자신의 무지를 깨닫는 것이었다.

영화 '굿윌헌팅'에서 주인공 윌에게 심리상담사 숀이 "진짜 하고 싶은 게 뭐야?"라고 질문하는 장면이 나온다. 이 질문은 "너의 정체가 뭐야?"라는 질문과 일맥상통한다. 자신의 위장된 모습에서 벗어나라는 것이다. 결국 질문은 자신의 솔직한 마음을 듣는 것이고, 남이 원하는 삶이 아니라 '내'가 원하는 삶을 찾는 것이다. 이제 질문을 어렵게 생각하지 말자. 질문은 진정한 자신을 발견하기 위한 하나의 방법이다.

# 소통 #5 • 스타더스트

## 광화문 뒷골목 고풍스러운 정취 속에서

서울 시청역에서 청계천을 지나 광화문으로 이르는 길은 서울에 사는 사람이라면 한 번쯤 걸어 봤을 것이다. 이 주변이 서울 도심의 번화가 중에 하나로 손꼽히기도 하고, 근처 덕수궁 돌담길도 워낙 유명해서 그에 관한 추억도 기억에 있을 것이다.

나는 청계천에서 물소리를 들으며 크고 작은 물고기를 보고 나서 그 반대편으로 발걸음을 옮겼다. 작은 책방을 찾기 위해 열심히 스마트폰 지도를 따라 큰 대로변을 지나 새문안로로 들어갔다. 광화문에서 신촌으로 가는 방향, 새문안로의 골목은 조용한 골목골목의 옛날 추억을 그대로 간직하고 있었다. 길을 찾기 어려워서 우연히 마주친 경찰분에게 길을 물었더니, 자세히 가르쳐 주었다. 그렇게 〈스타더스트〉의 계단을 밟게 되었다.

입구에서 들여다보니, 내부에는 고풍스러운 장식들이 가득 차 있었다. 1970~80년대의 책방을 연상케 했다. 책방지기 홀로 그곳을 지키고 있었는데, 그가 차분하고 조용한 분위기를 좋아하는 듯 보여서 방해하고 싶지 않았다. 나도 말없이 책을 보며 이곳의 분위기를 담고 싶었다.

책들은 분야별로 잘 정리되어 있어서, 대형 서점이나 대학교 도서관과 비교했을 때 전혀 손색이 없을 정도였다. 다른 독립 서점과 달리, 깔끔하게 정리정돈된 책들은 책방지기의 꼼꼼함을 보여주고 있었다. 철학 코너가 눈에 띄어 잠시 그 앞에 서 있었다. 오늘 유독 눈에 띄는 책 한 권은 창작의 기쁨에서 오는 즐거움을 담아낸 책이었다.

## 예술가의 책방에서 창조적 인간에 대해 생각하다

각자의 삶과 가치관을 중요하게 생각하는 시대가 오면서 현대인들에게 개성과 자기 취향의 존중은 대단히 중요한 문제가 되었다. 그럼에도 불구하고, 우리는 때로 지나친 편견에 사로잡혀 있다. 이런 편견은 안목을 가로막게 하고 창조적인 시각을 멀리하게 만든다.

오늘 여기 광화문 뒷길, 예술가의 풍미가 느껴지는 이 공간에서 한 권의 책에 손이 저절로 갔다. 최광진 저자의 『창조적 인간으로 살아가기』란 책이다. 저자는 예술의 본질에 대해 말하고 그 본질을 깊게 이해하는 과정에서 편견이 예술의 창조적 행위를 가로막는다고 말한다.

우리 모두가 예술가는 아니다. 다시 말해, 예술에 관련된 공부를 했

거나 전문적인 교육을 받은 적이 없는 게 거의 대다수이다. 물론 의무 교육을 받던 시절, 미술과 음악 시간에 예술에 대해 배운 기억이 난다. 그것이 일반적인 교과과정에서 예술 교육의 끝이었을 것이다.

오랫동안 예술을 배우거나 직접 접하지 않았더라도, 예술에 대한 가치관과 경외심은 누구나 가지고 있다. 우리는 그림이나 공연 등 다양한 종류의 예술 작품을 감상할 때 서로 다른 가치관으로 그것을 판단하게 된다. 하지만 때로는 그러한 판단 과정에서 편견이 창의적인 생각을 가로막을 때도 있다. 책에서 저자는 "아름다운 작품과 좋은 작품은 일치하지 않는다."고 말하고 있다. 우리는 흔히 "작품은 아름다워야 한다."라는 생각에 빠져 있다. 오히려 이런 편견이 창의적 시각을 제한하게 된다.

저자는 예술이 아름답지 못한 것에 대해서가 아니라 문제의식과 창의성이 없는 장식적인 기교로 빠져드는 것에 대해 경고한다. 작품을 보면서 지나치게 아름다움에만 초점을 맞춘다면 그것은 진정한 예술이 아닌 것이다.

예술 작품은 관람하는 사람의 취향에 따라 그 해석이 달라질 수 있다. 서로 다른 이해도와 생각의 방향에 따라 작품의 가치와 메시지는 달라질 수 있는 것이다. 그런데 예술 작품에서의 편견은 개인의 취향을 존중하지 않게 만들어준다.

## 사로잡힌 편견의 끝자락

서울에 거주하는 사람이면 누구나 한 번쯤 광화문을 거쳐 서촌까지 데이트를 하거나 가족과 가본 경험이 있을 것이다. 여기에 경복궁까지 산책하면 금상첨화다. 덕수궁 근처 서울 시립 미술관에 가면 무료로 부담 없이 미술작품이나 공예 등 예술 작품을 관람할 수도 있다.

문득 오늘 이 책을 읽으면서 그동안 예술 작품을 관람할 때 나의 순수한 예술적 감각으로 그 작품을 이해하기보다는 오히려 기존의 선입견이나 선지식으로 이해한 적은 없었는지 다시 묻게 된다. 어쩌면 그 작품의 진실을 쳐다보지 못하고 편견에 사로잡혀 있었는지도 모르겠다.

우리 삶도 예술 작품이나 마찬가지이다. 사람들은 서로 다른 가치관과 삶의 기준으로 각자의 삶을 살아간다. 그런데 우리는 남들의 시선이나 선입견 또는 지나친 편견에 사로잡혀서 '자기의 것'을 잃어가고 있는 것은 아닌가? 남들이 정해 놓은 기준, 사회에서 미리 정해 놓은 산술적 평가에 의해 우리의 삶이 정해진 것은 아닌지.

행복의 기준에 대해서도 이런저런 생각이 든다. 행복은 어쩌면 인간의 삶에서 가장 최고의 예술이라고 해도 과언이 아닐 것이다. 행복은 지극히 주관적인 삶의 형태이다. 그런데 우리 사회에서의 행복은 어떤가? 사람들이 정해 놓은 것들, 이 사회에서 이미 기획해 놓은 것들 속에 포함되어야만 행복이라고 부르지 않았던가?

특히 한국 사회에서 행복의 기준은 획일적이고 편견에 사로잡혀 있다. '나만의 행복'이라는 말이 있다. 행복은 다른 사람에 의해 만들어지고 기획된 것이 아니라 나만의 것이다. 그러나 우리 사회에서의 행복은 남들이 이미 정해 놓았다.

지나친 편견은 우리 사회에서 개인의 삶과 가치관을 억누르고 지배한다. 그럼 그 길이 아닌 다른 길을 가면 안 될까? 꼭 그 길을 가는 것이 진정한 행복일까? 편견, 그 끝자락에는 '이것이 정답이야.'라는 생각이 가로막고 있을 텐데, 예술, 행복 그리고 우리의 삶에는 정답이 있는 것일까? 사람들은 말한다. 인생은 정답이 없다고.

# 소통 #6 • 주책공사

## 책으로 쌓아올린 집

어릴 적 부산과 김해를 자주 왕래했다. 주위에는 나를 부산 출신이라고 생각하는 사람들도 상당하다. 서울에서 태어났지만 부산에서 살았던 경험이 많아서 그렇게들 알고 있다.

지금도 부모님과 친척들은 부산을 한 번도 떠나본 적 없이, 그곳에서 삶을 이어가고 있다. 그래서 명절이면 내가 움직인다. 혼자 부산으로 가면 친척들이 다 모이기 때문에, 다들 만날 수 있다. 내게 부산의 기억은 그렇게 시작된다.

우리나라 사람들이라면 누구나 '피서' 하면 '해운대'를 먼저 떠올릴 것이다. 모래사장과 많은 인파로 유명한 해운대 가까이에 멋진 서점이 있다고 해서 주저 없이 달려갔다.

한여름 해운대에 머무는 것은 쉽지 않다. 피서객들이 많다 보니 어딜

주책공사
주책공사

서점입니다
책

가도 북적여 한 끼 해결하는 것도 줄을 서야 한다. 붐비는 걸 싫어하는 사람에게는 이곳을 그다지 추천하고 싶지 않다. 나 또한 사람들이 모여 있는 곳을 그렇게 좋아하는 편이 아니다. 그럼에도 부산의 독립 서점을 찾아 1박 2일의 짧지만 긴 여행을 떠난다.

## 나와 생일이 같은 책

먼 곳을 여행하는 터라 후회 없이 서점의 분위기를 만나고 오는 것이 중요하다. 가까운 거리 같으면 다시 와도 되지만, 서울에서 부산은 심리적 거리가 다소 먼 편이다.

사실 독립 서점을 찾아갔을 때 문이 닫혀 있던 적도 여러 번이었다. 물론 시간을 정확하게 확인하지 않고 방문한 나의 실수였다. 하지만 부산은 그런 실수를 최소한으로 줄여야 한다. 부산으로 떠나기 전, 서점 휴무일과 시간을 미리 체크했다.

오늘 가고 싶었던 서점은 <주책공사>이다. 부산은 익숙하지 않아서 지도를 봐도 전혀 감이 오지 않았다. 서점은 지도상으로 해운대와 광안리 사이 골목골목 주택가에 위치하고 있어서 초행길인 나로서는 쉽게 찾아갈 수 있는 곳이 아니었다. 할 수 없이 택시를 탔다. 기사님께 주소를 불러주었더니 내비게이션으로 위치를 찍어서 무사히 주책공사로 데려다주었다. 혼자서 지도 앱을 켜고 대중교통으로 왔더라면 오픈 시간을 맞출 수 없었을 것이다. 서점 문 앞까지 택시를 타고 오니, 솔직

히 편하기는 했다.

내리자마자 서점 간판이 보였다. 주택을 서점으로 만든 곳이었는데, 문을 열고 들어갔더니 손님들이 많았다. 한쪽 공간에서는 독서 모임이 진행 중이었다. 이곳은 분주함 속에 차분함이 동시에 서려 있었다.

서점의 다른 쪽에 누군가 있었는데, 그냥 느낌에 책방지기로 보였다. 그에게 이곳을 방문한 목적을 설명했다. 서울에서 서점 소문을 듣고 왔다는 말도 덧붙였다. 그랬더니 책방지기가 반갑게 맞아주면서 도움이 필요한 게 있는지 물었다. 내가 어떻게 서점을 하게 됐느냐고 묻자, 그는 많은 사람들에게 책을 전해주고 싶어서 시작하게 되었다고 대답했다.

〈주책공사〉에는 '생일책' 이라는 독특한 프로그램이 있다. 사람에게 생일이 있듯, 책도 생일이 있다. 책의 생일은 책 초판 날짜다. 독자와 생일이 같은 책을 상자에 담아 블라인드북으로 판매한다. 무슨 책이 담겨 있는지 미리 볼 수 없으니 신비감이 흐른다. 산문, 에세이 위주로 들어 있어서 만약 소설이나 인문 분야로 구입하고 싶다면 책방지기에게 5일 전에 미리 주문해야 한다. 자신의 생일에 맞춰 생일이 같은 책을 사거나, 누군가에게 생일책을 선물하는 것도 남다른 의미가 있을 것 같다.

## 삶은 설렘과 허전함이 반복되는 여행

서울에서 부산까지 여행 온 느낌으로 이곳을 방문하다 보니, 자연스레 여행 관련 책들이 눈에 들어온다. 망설임 없이 여행 관련 책을 찾아보았다. 마침 김민주·김태우 저자의 『OSAKA CHECK IN』이란 책이 손에 잡혔다. 글을 쓰는 아내와 디자이너 남편이 오사카를 여행하고 글과 사진을 엮어서 낸 책이었다. 나도 마침 독립 서점을 방문하면서 사진을 찍고, 서점의 분위기와 책방지기의 철학을 책으로 담아내려다 보니 오사카 여행책이 더욱 와 닿았다. 저자들은 오사카의 다양한 문화와 예술 공간을 접하면서 즐거운 추억을 기록한다. 무엇보다 디자이너 남편과 글을 쓰는 아내의 하모니가 돋보인다.

삶은 여행이다. 여행을 떠나기 전의 설렘과 여행을 다녀오고 나서의 허전함이 공존하는, 우리의 인생사와 닮아 있다. 우리의 삶도 늘 채우면 허전하고 또 채우면 허전한 반복의 일상처럼 느껴진다.

한낮 땡볕을 피해서 밤에 해운대 해변을 거닐며 바닷바람을 맞았다. 피서객들도 밤의 해운대를 즐기기 위해 불야성을 이루었다. 나도 저들도 내일이면 또다시 일상으로 돌아가야 한다. 설렘과 허전함, 비움과 채움이 늘 같은 공간에서 재생되는 일상을 좀 다른 각도로 생각한다면 매일 새로운 여행이 아니겠는가.

# 소통 #7 • 청년 토닥토닥

## 청년에게 전하는 위로와 공감

전주는 올 때마다 역사와 전통이 느껴지는 곳이다. 과거 500년 전 이곳에 거주한 사람들은 어떤 삶과 문화를 즐겼을까? 한옥마을에 거주하던 양반들은 책과 풍류를 즐기며 살았고 전통시장을 중심으로 서민들은 생계를 위해 바쁘게 살았을까? 엉뚱한 생각이지만 가끔 타임머신을 타고 수백 년 전으로 거슬러 올라가고 싶을 때가 있다. 오늘도 이런 생각을 하며 서점을 찾아 전주 남부시장으로 갔다.

시장 안으로 약 100m 정도 들어가다 보니 청년몰 간판이 보였다. 2층으로 향하는 계단은 지하철역에서 올라가는 기분이 들도록 연출한 것 같았다.

2층에 올라선 순간 전통시장과 사뭇 다른 느낌이 펼쳐졌다. 아기자기한 가게들이 옹기종기 모여 있었다. 평일 점심시간 언저리여서 사람

since 2017.04.26
동네책방
토닥토닥
CAFE NABI

들이 붐비지는 않았다. 나도 수제 햄버거 가게에서 점심을 먹고 옆에 있는 서점으로 이동했다. 안으로 들어가자마자 고양이 한 마리가 반겨주었다. 나는 고양이를 좋아하는 편이 아니어서 다가올 때마다 뒷걸음질치며 피해 다녔다.

## 언어는 정신의 지문, 모국어는 모국의 혼

〈책방 토닥토닥〉의 첫 느낌은, 다듬어지지는 않았지만 그 안에 담긴 정신이 자유분방하게 드러난다는 인상을 받았다. 서점 입구에서 정면을 바라보면 '언어는 정신의 지문, 모국어는 모국의 혼'이라는 문구가 들어온다. 이 문구를 보고 책방지기의 관심 분야를 읽을 수 있었다. 책방지기는 화려함이나 편안함을 억지로 연출하기보다 관심사들을 고스란히 드러내는 방식을 택했다. 성의 불평등 문제, 불의의 사고나 사회의 희생자 등에 대한 기억을 잊지 않도록 되살려주기 위한 큐레이션을 하고 있었다. 그래서 서점의 이름도 '토닥토닥'이었다. 사람들이 잊고 있는 문제, 생각, 관심사, 부당한 대우나 차별 등을 당하고도 어디서 위로받지 못할 때 청년 토닥토닥은 책으로 위로와 공감을 주고 있었다.

〈책방 토닥토닥〉에서 차분하게 책을 찾아보면서 특이한 점 두 가지를 발견했다. 첫 번째는 '전주 동네 책방 문학상 수상작' 작품이었고, 두 번째는 '책 속 한 문장'을 적어둔 작은 두루마리 메모지들이었다. 메모지는 자유롭게 가져갈 수 있었다. 내가 뽑은 문장은 이것이다.

"시대와 잘 싸우는 여성들을 좋아해요. 언제나 이길 수 있는 것은 아니지만 이길 수 없는 싸움도 해버리는 사람들요(정세랑, 『우먼카인드 vol.12』)."

난해한 문장이어서 어떤 책일까 궁금해졌고 집에 돌아와서 그 책과 관련된 내용을 찾아보게 되었다. 이런 게 작은 책방에서만 느낄 수 있는 독특한 경험이다. 우리는 서점 혹은 책방 하면 책을 사기 위해 방문하는 곳으로 생각하지만, 그곳에서 느낄 수 있는 특별한 점도 많다. 사람들이 살아가는 향기, 추억, 생각하는 방법 아니면 책방지기들이 전달하고자 하는 무언(無言)의 메시지를 느껴볼 수 있다.

〈토닥토닥 서점〉에서도 이런 경험을 할 수 있었다. 서가마다 책에 대해 소개한 메모지들이 붙어 있었다. 이런 메모는 방문자에게 좋은 정보를 전달해 주고, 우리가 잊고 있던 문제에 대해 상기시켜 주기도 한다. 덕분에 그와 관련된 문제들을 생각해 보고, 다양한 이야기도 나누는 기회가 되었다. 이곳에는 소소한 이벤트들이 많아서 자연스럽게 소통할 수 있는 공간으로 다가왔다. 나도 그 공간에 참여했다는 뿌듯함을 안고 다음 목적지로 발걸음을 돌려 본다.

## 있지도 않은 문장은 아름답고

시인의 언어는 '난해하다, 용광로에 들어갔다 나온 쇳덩이 같다.'

내가 보는 시인의 언어는 이런 과정에서 만들어지는 것 같다. 어떤 대

이스라엘은
팔레스타인
집단학살을
멈춰라!!
밀어서 여세요
사회혁신맛집
6호점
책방토닥토닥
SLOW

상에 대한 생각을 녹여서 창조하기 때문이다. 이제니 시인의 『있지도 않은 문장은 아름답고』라는 시집은 제목부터 굉장히 매력적이었다. '있지도 않은 문장'을 찾거나 만드는 것이 어떤 의미일지 궁금하면서도 버거워 보였다. 아마도 새로운 것을 표현하는 작업은 그만큼 시간의 인내를 동반하고 자신과의 사투를 벌이는 가운데 창조해 내는 것이다.

오늘 점심에 뭘 먹을까? 여행으로 어디를 갈까? 전국 서점 중에서 어디로 정해서 갈까? 어떤 책을 읽을까? 아니면 아이들이 어려운 문제를 풀려고 끙끙대는 모습을 볼 때 참 아름답게 보인다. 왜, 그 자체가 생각하기 위한 노력의 모습이기 때문이다. 자신의 감정을 말하고 싶은 것, 글을 읽거나 쓰지 못해서 언어로 표현하는 것도 아름다운 문장이 될 것이다.

"있지도 않은 문장은 아름답고 노인의 마음을 생각한다."

오랜 세월 자신의 삶을 살아왔고 이제 나이가 들어서 힘이 없어졌을 때 보는 세상은 어떨까? 그 세상은 이전과는 사뭇 다르게 다가올 것이다. 그때는 자신을 지탱해 주었던 힘이 아니라 마음으로 말하는 시기이다. 그분들이 살아가는 세상은 경험해 본 시간이 아니라 개척해 가는 시간이다. 그렇게 살아온 시간에서 '아름다운 문장들'이 나오게 된다. 부모가 자식을 대하는 '마음 씀씀이'는 그 어떤 표현보다 아름답다. 이미 자식이 부모가 되어 있어도 그 부모에게는 아낌없이 줄 수 있는 사랑의 대상일 뿐이다. '아낌없이 주는 나무'가 소년에게 자신의 모든 것을 남김없이 내어주는 것처럼, 그 관계에서 만들어지는 마음의 문장은

THE POSTER BOOK
THE POSTER BOOK
INTO THE UNIVERSE
INTO THE TODAK TODAK
전주 책쿵20
새만금 상시 해수유통
책쿵20
WE ARE LEARN FROM
토닥토닥
전주책사랑포인트
'책쿵20' 참여서점
POINT
리베카 솔닛 읽기 가이드 맵
성소수자의

그 어디에도 없는 문장이다.

## 아이가 들려주는 마음의 문장

아이는 어떤 대상을 보고 느끼는 감정을 시로 쓴다. 그 시는 미완성이지만 나에게 아름다운 이야기로 다가온다. 그것은 이 세상의 어떤 시보다 훌륭한 문장이다. 딸아이가 어릴 때부터 보고 느낀 것을 표현한 글을 차곡차곡 쌓아두었다. 가끔 그 이야기들을 꺼내서 읽어볼 때면 대견스러운 마음이 든다. 아이가 사용할 수 있는 단어는 제한적이지만, 자연이나 상황에서 오는 단어들을 빌려서 자신만의 문장을 만들어 간다.

"밤하늘, 지난밤 달빛은 차가웠고, 오늘 밤 구름은 어두웠다. 한옥 사랑방에서 시 한 편 쓰며 밤하늘 바라보는 나는 건넛집 아이들의 웃음소리에 취해 잠이 든다."

이런 문장을 아빠에게 들려줄 때면 나도 생각에 잠겨 마음으로 문장을 만들고 싶어진다. 아이가 쓴 문장은 그냥 나온 것이 아닐 것이다. 때로는 "말하고 싶어도 말하지 않을 때 아름다운 경우도" 있다. 하지만 오늘은 나만의 마음을 문장으로 만들어서 다른 이에게 들려주길 바란다.

# 소통 #8 • 개봉책방

## 상처 난 마음의 치유소

지도 앱에 있는 서점이 눈에 쉽게 들어오지 않았다. 서울 구로동의 주택가에 있다는 서점을 찾아가는 일은 나에게는 정말 난제였다. 대로변에 있으면 찾기 편하지만, 주택가의 골목골목은 한눈에 들어오지 않는다. 하지만 힘든 만큼 얻는 것도 많을 거라는 생각에 폭염을 헤치고 나아갔다. 서점의 위치를 알려주는 빨간색 화살표가 근처를 가리켰는데도 눈에 띄지 않았다. 그리고 주택가다 보니, 전부 그 집이 그 집처럼 보였다. 전통적인 빨간 벽돌집들은 다들 비슷하다. 길 가는 주민들에게 물어보고 싶은 마음이 간절했지만, 그냥 혼자서 찾기로 했다. 이 또한 나름대로 여행이 아니던가.

찾다 찾다 마침내 붉은 벽돌집, <개봉책방>이 보였다. 다 왔다는 안도감에 생수를 마음껏 들이켰다. 그리고 조용히 서점 문을 두드렸다.

기특해, 지금처럼 차근차근
개봉책방
개봉책방
당신은 오늘 어떤 마음을 가지고 오셨나요?
지역공간
정보안내서
안테나
서울청년센터
금천
⑩ 푸른수목원
⑨ 천왕산 가족캠핑장
N
⑥ 구로 청년이룸
③ 구로구민체육센터
② 개봉책방
고마워! 사랑해!
Just do it

주택을 개조해서 만든 서점 안에는 손님들로 북적였다. 그리고 한편에는 많은 사람들이 모여서 독서토론을 하고 있었다. 이 와중에 손님도 많아서 책방지기에게 말을 건네기가 쉽지 않았다. 힘들게 찾아온 만큼, 그냥 쉽게 갈 내가 아니었다. 책방지기에게 이곳 서점을 방문한 이유를 설명했다. 그녀는 흔쾌히 책방 소개를 허락해 주었다. 한참 독서토론 중이라 오래 머물 수는 없었다. 책방지기의 이야기를 듣기 위해 주어진 시간은 많지 않았다. 대신 그녀가 일러 준 기사는 큰 도움이 되었다.

## 심리치료사의 손길로 만든 공간

책방지기는 과거 병원과 센터에서 임상심리사로 일했다. 어느 날 위에서 10년 가까이 돌본 환자를 정리하고 실적을 올리라는 말을 듣고 일을 그만두게 되었다. 그리고 그녀는 더 많은 사람들에게 선한 영향력을 끼치기 위해 심리 콘텐츠를 제작하는 회사로 이직했다. 하지만 그곳에서도 지치기는 마찬가지였다. 그녀는 퇴사한 뒤, 지친 마음을 덜어내기 위해 제주로 떠났다. 올레길을 걸으며 여러 독립 서점을 방문하면서 그녀도 서점을 만들어야겠다고 마음먹었다. 그것도 자신의 경험과 관심사를 살려 심리 서점을 만들기로.

그녀는 자신이 거주하는 구로구 개봉동에 〈개봉책방〉을 냈다. 이 책방은 주민들이 함께하는 사랑방이 되었다. 아이들이 모이고, 동네 어

불안한 너와 웃으며 친구하는 법
마음의 집
BLACK PORTRAIT
Black Portrait
섬
나의 바람
ISTJ ENFJ ESTP
ESFJ ENTJ INTJ
ISFP INFP ISTP
ISTJ INTP INFJ
2024
길 위의 인문학
with 개봉책방
생태슬픔 미술치료
개봉책방

르신들도 삼삼오오 함께하는 의미 있는 곳이 되었다. 그녀는 전공인 미술치료를 살려 그림 모임을 시작으로 동네 어르신들을 위한 수업을 진행했다. 그녀의 책방은 마음의 상처를 치료해 주는 공간이었다. 누구에게나 상처가 있다. 상처가 나면 약을 발라야 한다. <개봉책방>은 우리의 가볍고 무거운 상처를 치료해 주는 따뜻한 공간이었다.

그녀는 또 다른 목표가 있다. 독립 서점으로 가능한 한 오랫동안 이곳에 머무는 것이다. 지금 찾아오는 아이들이 어른이 되어서도 다시 찾아오는 서점으로 남고 싶다고 했다. 그녀의 바람대로 이곳 <개봉책방>이 멋진 추억을 나누어주는 그런 곳으로 오랫동안 남았으면 한다.

## 길 위에서 '머무름'을 꿈꾸다

이 서점은 지금까지 방문한 서점과 다른 느낌이었다. 서점에 방문하여 서가를 살피면 책방지기의 관심사를 엿볼 수 있다. 아무래도 책방지기가 심리치료사였기에 <개봉책방>에는 심리학과 정신의학 책이 눈에 많이 띄었다.

무엇보다도 이곳은 정말 따뜻한 분위기로 가득했다. 아주 짧은 방문 시간이었지만, 이곳에서 '길'이라는 단어가 나도 모르게 떠올랐다. 그래서 책장 한 구석에 꽂혀 있는 프란츠 카프카의 『우리가 길이라 부르는 망설임』이라는 책을 골라 들었다. 책 표지에 적힌 "목표는 있지만, 길은 존재하지 않는다."라는 문장이 인상적이다. 어둡고 긴 광야를 건너가야 했던 기억들. 누구나 한 번쯤은 긴 터널과 같은 길을 건너왔고 또 건너고 있을 것이다. 어쩌면 지금 이 순간에도 우리는 어두운 광야를 건너고 있을지도 모른다.

다들 자신의 목표를 향해 가고 있다고 말한다. 목표를 향해 가는 과정에서 험난한 길은 누구에게나 예상된다. 목표 이전에 우리는 사실 길 위를 걷고 있다. 그 길 위에서 우리는 걸어왔고, 이정표를 보고 다시 걸어가야 한다.

문득 〈개봉책방〉에 들어오기 전, 입간판에 '길 위의' 인문학이라고 적힌 것을 본 기억이 떠올랐다. 이곳 책방에서는 길을 찾을 수 있을 것만 같았다. 책방지기가 심리학을 전공해서 그런지는 모르겠지만, 왠지 이곳에서는 헤매던 길을 찾을 수 있을 것 같았다.

우리는 어디론가 떠난다. 머물러 있는 것도 잠시다. 책방지기의 꿈이 오랫동안 이곳에 머무는 것이라고 했던 말이 기억난다. 우리는 길 위에서 어디론가 계속 가야만 하는 그런 존재다. 그래서인지 '우리가 오랫동안 어느 한 곳에 머물 수만 있다면 거기가 가장 편안한 곳이 아닐까?' 하는 생각이 든다. 길 위에서 나에게 그리고 우리에게 묻는다. 지금 당신은 어디로 가고 있는가? 길 위에서 분명 열심히 걷고 있을 터인데, 무엇을 위해 어디로 가고 있는 것일까? 잘 가고 못 가고의 문제가 아니라, '지금 어디로 가고 있는가?'

# 소통 #9 • 딴뚬꽌뚬

## 치우침 없는 천칭의 자리에서

나에게 인천 방문은 월미도 공원이 유일했다. 서울에서 인천은 가깝다면 가까운 곳이었지만 나는 월미도 공원 외에는 가 본 적이 없었다. 인천에 사는 분들이 이 글을 읽으면 꽤나 서운해할 것 같지만, 인천에 사는 지인이 없어서 방문할 기회가 없었다.

이번 서점 여행 덕분에 오늘 인천의 미추홀구로 떠나게 되었다. 초행길이라 지하철역에서 내려서 두리번거리며 가서 2분이 걸렸지, 두세 번 방문하게 되면 채 1분도 안 걸릴 정도로 지리적으로 편리한 곳이었다.

인터넷으로 미리 갈 곳을 둘러보았는데, 이곳은 마치 서점 같기도 하고 북카페 같기도 했다. 사실 독립 서점인 줄 알고 찾아갔던 몇 곳은 서점이 아니라 북카페였던 곳들이 있었다. 북카페는 책을 판매하지 않고, 전시를 목적으로 하기 때문에 커피만 마실 수 없어서 그냥 돌아온 적이 있었다. 하지만 오늘 방문하게 될 곳은 북카페처럼 보이지만 확실히 서점이다. 서점 이름은 <딴뚬꽌뚬>이다. 발음도 어렵고 쓰기도 어렵다. 분명 그 이름의 비하인드 스토리가 있어 보인다. 원래 간판 이름은 쉽게 읽혀야 사람들의 입에 오르내리기 편한데, 봐도 봐도 어려운 이름으로 지은 이유는 뭘까. 무슨 말인가 궁금해서 여러 번 보게 하려는 나름의 전략은 아니겠지. 분명 뭔가가 있어 보인다. 그래서 이곳이 더욱 궁금해진다.

## 딱 그만큼, 딱 그 정도만

서점 안으로 들어갔더니 너무 넓어 보였다. 마치 전시장처럼 넓은 공간이 마음에 들었다. 커피를 마시면서 책을 읽는 사람들도 많았다. 구석구석 섬세하게 꾸며진 공간들로 구성되어 있었는데, 책과 커피, 음악, 심지어 공연을 할 수 있는 무대까지 갖추고 있었다. 이 무대가 서점의 가장 큰 매력이었다. 책방지기가 음악을 좋아하는 사람인지, 기타와 스피커 등 공연 도구가 갖춰진 무대가 이곳 서점의 메카로 느껴질 정도였다.

한쪽에서는 책방지기로 보이는 사람이 커피를 내리고 있었다. 그에게 커피 한잔을 주문하고, 이곳에 방문하게 된 이유를 설명했다. 그리고 가장 궁금했던 질문을 던졌다. 왜 서점 이름을 딴뚬꽌뚬이라고 지었느냐고.

'딴뚬꽌뚬(Tantum Quantum)'은 성 이냐시오 데 로욜라(Saint Igna tius

Mexico
Guatemala
Jamaica
Colombia
Brazil
Yemen
Ethiopia
Kenya
India
Indonesia
딴뚬
깐뚬

of Loyola) 사제의 수련서 내용에서 발췌한 라틴어 문구로, '딱 그만큼'이라는 뜻을 지니고 있다. 이 말의 숨은 뜻은 인생을 살면서 무엇인가를 행할 때, 우리 자신의 선한 존재의 목적에 부합되는 '딱 그만큼만' 행하자는 의도에서 비롯되었다.

딴뚬꽌뚬의 의미를 알고 나니 문득 천칭 저울이 생각났다. 양쪽 접시 위에 동일한 무게의 물건을 올려 균형을 잡는 무게 측정기구이다. 어느 한쪽이 무거우면 천칭 저울의 균형은 어긋나고 한쪽으로 기울어진다.

우리는 좋은 것은 과하다 할 정도로 많이 가지고 싶어 한다. 다다익선(多多益善), '많으면 많을수록 더욱 좋다'는 말처럼, 우리의 욕심은 끝이 없다. 그럼에도 늘 부족함을 느낀다. 오늘 방문한 서점의 이름은 철학적 성찰을 던지는 메시지였다. 재미있어 보이는 그 이름에 이렇게 깊은 뜻이 있을 줄은 몰랐다.

커피 한잔을 마시면서 서점을 둘러보았다. 이곳 서점에서 유독 눈에 띄는 것이 있다. 바로 엽서다. 엽서는 자체 주문 제작해서 만든 것 같다. 서점의 이름이 들어간 귀엽고 멋진 디자인 엽서였다. 이곳에 온 만큼 주저하지 않고 엽서를 구입했다. 이 엽서 한 장에 누구의 이름을 적고, 어떤 내용을 적을지 곰곰이 생각해 봐야겠다.

서가에는 오래된 책들이 많이 꽂혀 있었다. 최근 베스트셀러 도서들도 눈에 띈다. <딴뚬꽌뚬>과 가장 어울릴 만한 책을 한번 찾아보기로 했다. 과함도 부족함도 아닌 철저한 자기 관리의 중요성을 말해주는 라틴어 문구와 가장 잘 어울리는 책이 무엇일지 궁금했다. 저 쪽에 바로 눈에 들어오는 책이 있었다. 스티븐 코비의『성공하는 사람들의 7가지 습관』이다. 이 책은 단순히 성공하기 위해 무언가를 제시하는 책이 아니다. 자본주의 사회에서의 성공 즉 돈을 잘 벌 수 있는 방법을 제시하는 책도 아니다. 이 책은 인생을 살아가는 방법을 알려준다. 성실히 살아가는 근면함과 자기 관리에 대해 말하고 있다.

저자는 우리에게 "자신이 어디로 가고 있는지 알기 위해서는 반드시 목표를 설정하라."고 이야기한다. 인생의 목표, 그 최종 목적지를 정하는 것이 중요하다고 말한다. 저자가 말한 인생의 방향처럼 이곳 <딴뚬꽌뚬>의 숨은 의미도 우리에게 인생의 이정표를 던지고 있다.

## 과함도 부족함도 없는 무게 중심 추

이 서점의 철학은 중용, 즉 어느 한쪽으로 기울어지지 않는 무게 중심 추를 갖추는 인생의 덕목과 연결되는 것 같다. 어느 한쪽으로 치우치지 않고 중립을 지켜나가기란 쉽지 않다. 인간에게는 욕심이 있다. 우리는 원래 그런 존재로 태어났기 때문이다. 그래서 그런지 옛말에 '공짜라면 양잿물도 마신다.'는 말이 있다.

누구나 공짜를 좋아한다. 자신의 그릇에 넉넉하게 무언가를 채워 넣어도 무언가를 더 채워 넣고 싶어진다. 그게 인간의 본성이다. 이 서점은 "인간의 과함이 지나쳐서 선한 존재의 목적으로부터 우리가 빗나가는 것을 경계해야 한다."고 말하고 있다.

아리스토텔레스는 우리에게 중용을 강조한다. 그는 중용을 "우리의 어떤 행동이나 삶의 가치에 있어서 지나치게 과하거나 또는 그 반대로 지나치게 부족하지 않고, 중간 지점에서 적당함을 유지해야 하는 것"이라고 설명한다.

식사할 때도 과식을 하면 배에서 탈이 나고, 또 부족하면 굶주려서 허기가 질 수밖에 없다. 적당한 식사량으로 균형 잡힌 식단을 짜는 것이 매우 중요하다. 우리의 삶에 있어서도 균형감각은 매우 중요하다. 지나치게 무언가에 집착하면 신경쇠약이 올 수 있다. 또 그 반대로 지나치게 무언가에 무관심하면 또 그 무관심으로 인해 그 대상은 시들어진다. 나무를 기를 때, 물을 많이 주면 과습으로 뿌리가 썩고 결국 나무는 시들어서 죽는다. 그 반대로 나무를 무관심하게 방치하면 결국 식물은 수분이 부족해서 말라 죽는다. 과함이나 부족함이 결국 식물을 죽게 만든다. 우리의 삶도 마찬가지이다. 과하지도 부족하지도 않은 균형감각이 정말 중요하다.

BOB DYLAN
UNDERGROUND CAVERN
GREENWICH VILLAGE
SEPT. 19 - 1960

PHILOSOPHOS

# THINKING TRAVEL

#1 • 서사, 당신의 서재

#2 • 건강책방 일일호일

#3 • 책방 문

#4 • 오래된 미래

#5 • 이후북스 제주점

#6 • 공간과 몰입

#7 • 우연과감상

#8 • 독서관

# 생각 #1 • 서사, 당신의 서재

## 도심 속에 숨겨진 비밀의 서재

동빙고동 버스 정류장에서 내려 서점을 찾기란 쉽지 않은 일이었다. 초행길이라 골목 사이를 헤매다가 어릴 적에는 동네마다 있었던 대중목욕탕이 보여 반가웠다. 지금은 운영을 하지 않는 것 같았지만, 어릴 적 방학 때 할머니 댁에 방문했을 때의 아련한 동네 모습이 느껴지는, 그야말로 추억 소환의 길이었다. 복잡한 도심에 이런 곳이 있었다고는 생각지도 못할 만큼 한적한 동네였다.

마침 <서사, 당신의 서재>의 표지판이 보였다. 그 뒤로 정원이 있는 고즈넉한 저택이 보였다. 계단을 밟아 올라가는 순간순간 오랜 운치가 느껴졌다. 너무나 조용한 나머지, 잠에 취해 누워있는 수사자의 꼬리를 밟을세라 숨죽이듯 계단을 밟고 올라갔다. 이상할 정도로 조용했지만, 문을 여는 순간 수많은 책이 장관을 연출하고 있었다.

서점이라기보다는 장서가의 서재처럼 느껴졌다. 조용히 가방을 내려놓는 순간, "어서 오세요."라는 작은 소리가 들렸다. 서가를 움직이는 책방지기의 목소리였다.

나는 우선 서재부터 둘러보았다. 서가의 책들은 아주 오래된 고서를 시작으로 베스트셀러까지 다양하게 진열되어 있었다.

## 벽난로의 온기와 한 권의 책

서점을 둘러보다 보니 이런저런 추억이 수북이 쌓여 있는 느낌을 받았다. 이곳이나 책방지기에 대한 나의 궁금증도 커져만 가서 책방지기와 이야기를 나누고 싶었다. 그에게 시원한 아이스 아메리카노를 주문하고 그에게서 나오는 조용한 목소리에 귀를 기울였다.

나는 우선 여기에 터를 잡게 된 이유부터 물었다. 그는 '일상의 탈출'을 위해서였다고 이야기를 꺼냈다. 직장 생활을 하면서 늦은 퇴근과 스트레스로 인해 조용히 쉴 공간을 찾게 되었고, 그 공간을 찾다가 다른 사람에게도 조용한 공간, 쉴 수 있는 공간을 제공해 주고 싶은 마음이 강해져 여기까지 오게 되었다고 했다.

그의 오랜 바람이 반영된 듯, 이곳은 그야말로 쉼터로 부족함이 없는 곳이었다. 조용하고 아늑한 분위기 속에서 책장 사이를 오가다가 자리에 앉아 아이스 아메리카노 한잔을 마시면 그 느낌은 그 자체로 '쉼'이었다.

Book Store
& Cafe
서사,
당신의 서재

이곳저곳을 살피던 중 유독 눈에 들어오는 공간이 있었다. 바로 벽난로다. 이 벽난로에는 책방지기의 소중한 추억이 녹아 있는 듯 보였다. 그가 서점을 만들어가는 과정에서 여러 공간을 탐방하면서 가장 중요하게 생각한 것이 벽난로가 있는 곳을 찾는 것이었다.

그러다가 동빙고동에서 벽난로가 있는 저택을 찾았고 이곳에서 터를 일구기 시작했다. 내가 방문한 7월은 벽난로를 가동할 수 없었기에 땔나무들만 수북이 쌓여 있었다. 안타깝게도 벽난로에서 불꽃이 타오르는 멋진 광경을 볼 수는 없었지만, 벽난로 속에 숨어 있는 책방지기의 추억은 고스란히 담아올 수 있었다. 12월 추위가 시작되면 이곳을 다시 한번 방문할 생각이다. 겨울에는 벽난로에서 나오는 따뜻한 온기를 느낄 수 있었으면 하는 바람을 담아놓고 자리를 옮겼다.

## 사소한 것들을 지켜나가기

이곳을 운영하는 책방지기는 과연 어떤 책을 추천할지 궁금해지기 시작했다. 그에게 책을 추천해 달라고 부탁하자, 그는 클레어 키건의 『이처럼 사소한 것들』이라는 책을 추천해 주었다.

그렇게 이곳에서 찾게 된 키워드는 '사소한 것들'이다. 도심 속에 숨겨진 이곳에 잠시 들른 이유는 어쩌면 '사소한 것'을 찾기 위한 것이었는지도 모른다. 책은 우리에게 "겉으로는 잘 드러나지 않는 것들이 있다."고 말한다. 이 책은 1985년 아일랜드의 작은 소도시에서 일상을 조용히 살아가는 사람들이 겪게 되는 갈등에 관한 이야기다. 하루를 벌어 하루를 버티면서 조금이라도 여분을 남기고 미래를 준비할 수 있는 것이 오히려 기적인 사람들.

현대인들에게 '사소한 것'들은 어떤 의미일까? 2024년 오늘 우리가 원하는 삶은 무엇일까. 이른 아침 복잡한 지하철 속에서 하루를 시작하여 늦은 오후 퇴근 시간까지 우리는 무엇을 위해 살아가고 있는 걸까? 분초를 다투며 살아가는 일상 속에서 잠시 그것을 내려놓는 것이야말로, 사소함의 첫 단추는 아닌지.

어제처럼, 오늘도 그렇게 살아가는 일상인들 사이에서 '사소함'이라는 것은 무엇을 말하는 것일까? 현대인들이 '소확행', '미니멀 라이프'라는 말을 자주 사용하는 것은 이러한 사소함의 또 다른 언어적 순화가 아닐까? 복잡한 것들을 벗어 던지고, 자기에게 가장 필요한 것들만 추구하고 간직하려는 '미니멀 라이프'는 사소한 것들을 지켜나가고자 하는 우리의 작은 몸부림인지도 모르겠다.

## 오래전 책갈피에 끼워두었던 네잎클로버

오늘 이곳에 잠시 자리를 잡고, 나의 '사소한 것들'은 무엇인지 조용히 생각해 본다. 이곳을 떠나기 전에 찾기 위해 마음으로 여행을 시작해 본다.

이곳을 떠나면 일상으로 들어가야 한다. 이곳 저 빈자리에 또 누군가가 와서 도심 속에서 작은 휴식을 취하고 돌아가겠지. 책방지기의 말처럼, 잠시 이곳에 머무는 동안 사소한 것의 의미를 찾을 수 있을까. 나에게 사소한 것들은 어떤 것들이 있을까? 오래전, 길을 걷다가 네잎클로버를 발견하고 책갈피에 간직해 놓았던 기억이 떠오른다. 그런데 솔직히 어느 책에 넣어 놓았는지 기억나지 않는다. 어느 날 무심코 책을 펼치는 순간 네잎클로버가 튀어나올 것이다. 실제로 그런 적이 있었다. 그 사소한 것들을 위해 오늘 나의 서재로 가서 책 속에 숨겨져 있는 작은 네잎클로버를 찾아봐야겠다.

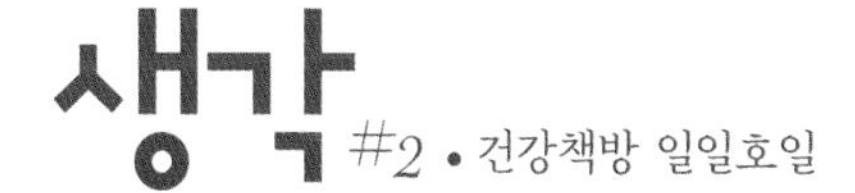


## 한옥에서 누리는 생각의 휴식

〈건강책방 일일호일〉은 전통 한옥의 고풍스러움을 느낄 수 있는 책방이었다. 대문을 지나면 감나무와 예쁜 꽃으로 가꾸어진 마당이 나오고 담 옆에 사진 찍기 좋은 의자가 놓여 있었다. 계단을 따라 책방으로 들어가는 순간 책방의 아늑함이 마음을 사로잡았다. 가지런히 진열된 책들은 보기 쉽게 정리되어 있었고, 창문 너머로 들어오는 햇살은 따스해 보여 아무 곳에나 앉아서 책을 읽고 싶게 만들었다.

일일호일(日日好日)의 의미는 '매일매일 건강한 하루'라는 뜻이다. 책방의 이름처럼 그곳에 있는 것만으로 건강해지는 기분이 들었고, 생각의 휴식을 누릴 수 있는 곳이었다. 내가 책을 읽는 것이 아니라 책이 나를 움직이게 만드는 마법 같은 공간이었다.

## 소문내고 싶은 경복궁역 명소

하루하루 '건강한 웃음'이 멈추지 않는 것을 모토로 하는 책방. 그 안에 들어서는 순간 마음에서 즐거움이 묻어나왔다. 나도 모르게 서재와 마주하는 의자에 앉아서 잠시 멍하니 천장을 바라보게 되었다. 실내 분위기에서 풍기는 자연스러운 미(美)가 그대로 와 닿았기 때문이다. 옛 한옥에서 오는 이런 정서가 정신을 건강하게 만들어 주는 느낌이다. 몸이 아프면 의원을 찾아야겠지만 마음이 불편하거나 생각을 다시 정돈하고 싶으면 책방으로 발걸음을 옮겨 보는 것도 좋은 방법이 될 것 같다. 개인적으로는, 경복궁역을 찾게 된다면 다시 찾고 싶은 장소 1위로 이곳을 꼽는다. 요즘 핫플레이스 발견하는 것이 유행이다. 사람들은 맛집, 카페, 여행지 등 다양한 장소를 방문하고 입소문을 내고 있다. 거기에 나도 숟가락을 얹어 볼 생각이다. 바로 정신의 건강을 찾을 수 있는 이곳을 소문내고 싶다.

## 가난보다 더 가혹한 형벌을 받은 아이들

어떤 책을 사야 할지 고민이 되었다. 쉽게 읽을 수 있는 책을 고를까, 아니면 내용이 잘 들어오는 책을 고를까? 그러다 나는 최근 고민하는 문제와 연관해서 책을 고르게 되었다. 그 고민은 청소년기 학생들의 '자아'에 대한 것이었다. 책 제목은 강지나 저자의 『가난한 아이들은 어

자연스럽게
살아갑니다
지구와
공존
사람과
사람 사이

떻게 어른이 되는가』이다. 내용을 잠깐 살펴보면서 가난의 의미가 무엇인지 궁금해졌다. 청소년 시기의 나에게 가난은 경제적으로 어려운 것, 남에게 밝히기 싫은 것, 특히 친구에게 숨기고 싶은 것이었다. 하지만 가난보다 더 무서운 것이 따로 있었다. 가난은 숨기면 되지만 그보다 더 힘든 것이 있다면, 어떻게 해야 할까?

여러분은 세상에서 가장 슬픈 것이 무엇이라고 생각하는가? 나는 가족 중 누군가와 병으로 혹은 나이가 들어서 이별하게 되는 상황을 떠올렸다. 물론 사람마다 슬픔의 종류나 각자가 처한 상황에 따라 다르게 다가올 수 있다. 그런데 이 책에서 내가 생각했던 것과 다른 대답을 찾게 되면서 다소 충격을 받았다. 가난이라는 현실 앞에서 한 소녀에게 슬픔은 "아무도 잡아주지 않는 삶"이었다. 그 소녀에게 가난한 삶은 본인의 의지와 상관없이 주어진 것으로 수용하면서 살아가면 되는 것이었다. 하지만 사소한 문제부터 시작해서 큰일을 결정하는 것까지 함께 의논할 수 있는 대상이 없다는 사실은 가난보다 더 큰 슬픔이자, 고통이었다. 이런 현실의 상황은 청소년에게는 더욱이 감당하기 버거운 것이었다.

가난은 '나'와 '우리'의 문제가 아니라 '너'의 문제로 간주되었다. 그런 인식이 편을 가르게 만들고 경제적으로 고통받는 사람들을 약자로 만들었다. 그렇다면 우리에게 가난은 무엇인가? 책에서 발견할 수 있는 가난은 "연좌제"였다. 즉 가난은 본인의 선택이 아니라 필연이었다. 기약 없는 대물림의 약속이면서 부모님이 힘들면 나도 힘들어야 하는 상처였다. 이런 가난을 어린아이들이 받아들이는 것은 가혹한 형벌과도 같다.

우리는 그런 환경에 놓여 있는 학생과 사람들에게 힘이 되어주지 못했다. 지금도 나는 나와 가족의 삶의 가치를 높이는 데에만 열중하고 있다. 누군가는 자신의 지위를 이용해서 부정적인 방법으로 부를 축적하는 데 혈안이 되어 있다. 어떤 이는 자유롭게 여행할 수 있지만 어떤 이는 굶주리고 있다. 흔한 신발도 어떤 이에게는 사치품이 될 수도 있다. 물론 가난의 해결은 한 개인이 감당할 수 있는 문제가 아니다. 최소한 우리는 도움이 필요한 사람들을 방치해서는 안 된다.

누구도 자신의 상황을 선택해서 태어나지 않았다. 그렇기에 우리는 가난이라는 환경에 처한 사람들에게 무관심해서는 안 된다. 최소한 우리가 버팀목이 되어주어야 한다. 가난이 개인의 삶을 방해하도록 두기보다 기회를 제공하는 방법을 찾아야 한다. 어떤 학생에게는 공부하면서 일하는 것이 인생의 공부일지 몰라도 다른 학생에게는 그것이 가족을 책임져야 하는 생계의 문제일 수도 있다. 태어날 때 똑같이 출발하지 못했지만, 사람으로서 받는 관심은 같아야 한다.

## 사람다움의 가치를 추구하는 삶

우리는 가난의 의미를 다시 생각해 봐야 한다. 그것은 혼자만의 짐이 아니라 함께 관심 가져야 하는 공동체의 책임이 아닌가 싶다. 왜냐하면 우리는 가난으로 인해서 삶의 가치마저 내려놓아서는 안 되기 때문이다.

과거 이런 기사가 난 적이 있었다. 청소년 여자 학생이 가정 형편이 어려워 생리대 한 장 살 돈이 없어서 생리대를 재활용하거나 신발 깔창을 사용했다는 것이다. 정말 마음 아픈 일이 아닐 수 없다. 이런 사실이 알려지면서 많은 사람이 관심을 보여주었고, 현재는 기관 등이 나서서 지원사원을 하고 있다. 가난이 또 다른 가난을 계속 불러오도록 해서는 안 된다. 특정 계층만이 아닌 모든 이가 사람다움의 가치를 추구하는 삶을 살아야 한다.

우리 주변에는 관심이 필요한 사람들이 많다. 나와 우리 가족에게만 초점이 맞추어지는 것이 아니라 리어카와 유모차에 폐지와 고물을 수거하는 분들에게도 관심을 돌려야 한다. 그분들도 내가 누리는 최소한의 가치를 인정받고 살 수 있는 환경을 만들어야 한다.

나 역시 가난과 싸우는 사람들에 대해 잠시 잊고 있었는데, 사진 속의 저 노란 의자에 앉아 생각을 되찾아 간다.

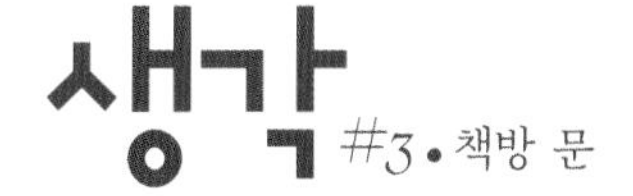


## 또 다른 세상으로 빠져드는 문

〈책방 문(文)〉에 들어서자마자 분위기에 젖어서 책으로 빠져들고 싶은 느낌을 받았다. 배경에 흐르는 재즈 선율은 책방과 하모니를 이루었고, 몰입할 수 있는 분위기를 만들어 주었다. 공간은 다섯 군데로 구분되어 있었는데, 책만 고를 수 있는 곳, 책을 읽으며 앉아 있는 곳, 차를 마시며 대화할 수 있는 곳, 날씨가 좋을 때 책 읽기 좋은 외부 테라스, 다락방으로 나뉘어 있었다. 다락방은 예약 후에 사용할 수 있다. 책방의 배치가 산만하지 않도록 신경을 썼고, 먼 곳까지 방문한 사람들에게 차도 마시면서 쉴 수 있도록 배려했다. 이런 배려들이 책방 구석구석에서 빛나고 있었다.

문득 이런 생각이 들었다. 서점들은 공통적으로 방문하는 사람들이 책과 가까이 마주할 수 있도록 공간을 제공하고, 서로 소통할 수 있는

프로그램을 제공하고 있다. 물론 서점마다 규모와 추구하는 주제에 따라 다른 느낌을 주기도 한다. 아무튼 책이라는 매개체를 통해 서점들이 마을 안의 공동체 역할을 톡톡히 하고 있었다.

이번에 찾은 곳은 다양한 연령층이 방문해도 좋을 듯하고, 책을 좋아하지 않아도 조용하게 생각을 즐기다 갈 수 있는 곳이었다. 책을 읽다가 지치거나 생각의 유연성을 찾고 싶다면 방문하기 좋은 곳이다.

## 책방에서 노닐며 글에 입문하기

<책방 문(文)>은 충북 음성시에 위치한 서점으로, 충청도 지역을 검색하다가 찾게 되었다. 어디까지나 주관적인 방법이지만, 서점에 방문할 때는 방문자들의 후기나 책에 대한 정보, 휴무일, 이름, 소요 시간 등을 참고해서 선정했다.

마침 이곳에 방문한 날은, 초등학교에서 40명 정도가 탐방을 오는 날이었다. 평소에도 단체 방문객들이 많은 것 같다. 그래서 책방 안은 분주해 보였다. 오히려 책방지기는 나에게 "책을 보는 데 방해될 것 같아서 미안하다."는 말을 여러 번 했다. 학생들이 오기까지 1시간 남짓 여유가 있어서 서점을 둘러보는 데 전혀 부족함은 없었다.

처음에 <책방 문>이라고 해서 책방에 들어가는 문(門)으로 생각했는데 책으로 들어서는 문(文)이었다. 나는 '문'의 의미가 서점에서 노닐며, 사방을 둘러보고, 어떤 이와 이야기도 나누면서 자연스럽게 글로 입문하는 것으로 이해됐다.

우리는 책 읽는 것에 대한 부담을 갖는다. 물론 나도 그런 부담이 없지 않다. 책 읽는 것에 대한 발상의 전환이 필요하다. 책이 주는 무거움, 분량, 어려운 의미, 책과 마주하면서 오는 피곤함, 한 권을 다 읽어야 한다는 의무감, 글에 집중해야 한다는 부담감 등이 책을 멀리하도록 만든다. 하지만 책을 분석의 대상이나 공부를 잘하는 수단으로 여겨서는 안 된다. 단지 책은 어떤 세상으로 들어가는 매개체 같은 역할로 이해해야 한다. 만약 책이 없다면, 서점도 존재 이유가 없다. 서점의 역할은 책으로 들어가는 문을 열어주는 것이다. 그래서 우리는 이곳을 찾게 되고, 여기에서 다양한 커뮤니티를 형성하는 것이다.

## 인간다움을 상실할 때 찾아올 섬뜩한 미래

<책방 문(文)>에서 발견한 김이환 저자의 『더 나은 인간』은 얇은 책이었지만, 책은 분량의 문제가 아니라는 것을 다시 느끼게 되었다. 이 책은 인공지능 로봇들의 대화를 토대로 전개된다. 즉, '인간'의 문제를 인공지능의 관점에서 논의하고 있는 것이다. 어쩌면 책에서 다루는 로봇들의 대화 내용이 멀지 않은 우리의 미래일 수도 있다. 인공지능의 역할은 아직까지는 생활의 편리함을 위해 사용되는 차원이지만 미래 사회에서는 인간을 '더 나은 인간으로 만드는' 차원이 될 것이다. 나는 이 책에서 제시하는 인공지능의 역할에서 적잖은 충격을 받았다. 왜냐하

면 그것은 내가 나답게 살아가는 게 아니라고 생각되기 때문이다.

다음과 같은 질문을 해보고 싶다. 인간은 스스로 인간답게 살 수 없는가? 인간은 스스로 인간답게 살 수 있도록 교육적 차원에서 도움을 받을 수 있다. 하지만 교육만으론 어렵기 때문에 어떤 힘으로 조정이 필요한 경우도 있다. 전자의 경우는 자신의 의지에 따라 바꿀 수 있지만, 후자의 경우는 강압적 성격을 띨 수밖에 없다. 후자의 경우가 인공지능이 개입해서 '더 나은 인간으로서의 삶'으로 조정해 가는 것이다.

요즘 우리 사회에서 일어나는 일들을 보면 상식에 어긋나는 경우가 많다. 음주 운전, 인간의 상품화, 법의 공정성 상실, 타인에 대한 배려 부족 등 이러한 문제가 심화되는 현상을 보면서 교육보다는 더 강압적인 규제가 필요하다고 느끼는 날이 도래할 수 있다. 아마도 그것이 이 책에서 우려하는 부분이 아닐까? 우리가 스스로 제어하지 못하는 데서 오는 인간다움의 상실에 대한 우려일 것이다. 이것이 단순한 우려로 끝나길 바랄 뿐이다.

과연 더 나은 인간은 어떤 모습일까? 분명한 것은 우리가 인공지능보다 낫다는 것이다. 그렇다면 우리는 인간의 특성을 잘 사용해야 한다. 하지만 우리는 서로에 대한 불신으로 곳곳에 CCTV를 설치해 두고 스스로 감시받는 사회에서 살고 있다. 더 나은 인간은 지켜보는 눈이 없어도 스스로에 대해 규율을 지키며 살 수 있는 사람이 아닐까?

# 더 나은 내가 된다는 것의 의미

나는 핸드폰을 2, 3년 정도 사용하면 새로운 상품으로 바꾸게 된다. 이상하게 그 시기가 되면 기계가 느려지거나 기능이 잘 작동하지 않는 것처럼 느껴진다. 그리고 그 시기에 맞춰서 더 좋은 신모델이 출시된다. 어김없이 나는 새로운 제품에 마음이 간다. 문제는 핸드폰의 기능을 모두 사용하지 못한 채 자연스럽게 기계를 바꾸게 된다는 것이다. 과연 그 기계의 문제일까, 아니면 그것을 사용하는 사람의 문제일까? 내 경우에는 사람의 문제다. 지금껏 내가 사용했던 핸드폰들의 수명 주기를 살펴보면, 상당수 더 사용할 수 있는 것도 있었을 것이다. 업데이트만이라도 제때 해주었더라면, 수명은 더 연장됐을 것이다. 주변에 똑같은 제품을 사용 중인 지인들을 보면 나보다 더 오래 사용했는데도 불편함 없이 잘 사용하고 있다. 결국 '더 나은' 것은 기기의 변경에서 오는 것이 아니라 사용자가 어떻게 사용하느냐에 달렸다는

결론에 도달할 수 있다.

우리는 더 나은 삶을 위해 책을 읽고 좋은 강연도 듣지만, 정작 어떠한 변화도 경험하지 못하는 경우가 있다. 우리는 그저 '더' 나은 것, '더' 좋은 것을 찾는 데에만 열중하고 있다. 하지만 이런 반복은 결코 도움이 되지 못한다. 우리는 미디어의 풍요 속에 살면서 지나치게 타인의 삶을 동경하거나 의존하는 경향을 지닌다. 이런 현상들은 자신에게 주어진 삶의 주도권을 발휘하는데 제약이 될 뿐이다.

더 나은 인간이 되는 것, 더 나은 삶을 사는 것은 내 삶에 주어진 환경을 자신이 주도하는 것이고 우리 사이의 규칙을 깨지 않는 것이다. 나만의 좋은 삶이 되기 위해 노력하는 것이 나쁜 것은 아니다. 하지만 그런 노력이 자기중심적으로만 이루어진다면, 과연 더 나은 삶과 어떤 관계가 있는지 돌아볼 필요는 있다. 자율적으로 자신을 지켜갈 때 '더 나은 인간'이 되고, 더 많은 자유가 주어질 것이다.

생각 #4 • 오래된 미래

# 과거와 미래의 교차로에서

면천IC에서 빠져나와 길을 따라가다 보면 충남 당진시 면천 읍내가 펼쳐진다. 마치 외진 길을 따라 들어가다 요새를 만나게 되는 것처럼, 면천 읍내 마을이 나타났다. 처음 방문하는 나로서는 신비로운 여정이었다. 이곳은 과거와 현재의 역사가 공존하는 마을이었다. 면천 읍성을 중심으로 관공서, 식당들이 자리했고 책방 길 건너편에는 3·10학생독립만세운동 기념탑이 보였다. 우리나라 곳곳에 역사적 유산이 많을 뿐만 아니라 나라를 지키기 위해 전국적으로 운동이 일어났다는 사실에 큰 감명을 받았다. 이번 서점 여행을 계기로 역사적 장소들까지 방문할 수 있는 기회도 덤으로 얻게 되었다.

오랜 세월 자전거포가 자리 잡았던 2층 건물을 책방에 맞게 수리해서 꾸민 곳이 <오래된 미래>였다. 실내로 들어가면 벽면으로 서가가 배치되어 있었고, 책들이 빼곡히 채워져 있었다. 안으로 들어가기 전만 해도 작아 보였는데, 실제로는 제법 컸다. 책의 종류도 많았고, 특히 책방지기가 정성스럽게 손 글씨로 쓴 메모들이 책의 내용을 소개하고 있었다. 디지털 시대가 되면서 찾아보기 힘들어진 이런 모습을 이번 책방 여행으로 자주 접하게 되니 이 또한 큰 소득이었다. 이곳이 오랫동안 면천읍에서 자랑할 수 있는 책방으로 남길 응원해 본다.

우리는 타임머신을 타고 미지의 시간 여행을 하고 싶어 한다. 이 책방

의 이름인 <오래된 미래>는 환경운동가인 헬레나 노르베리 호지의 책 제목에서 따온 것으로, 과거의 지혜에 미래에 대한 통찰이 담겨 있다는 의미로 간단하게 풀이할 수 있다.

이런 의미에서 <오래된 미래> 책방이 책들을 담고 있는 타임머신으로 연상되었다. 어디까지나 이것은 내 상상일 뿐이다. 나는 책이라는 오랜 지혜의 타임머신을 타고 미래로 시간 여행을 떠나는 느낌이었다.

한쪽 상단 벽에 다음과 같은 문장이 눈에 들어온다.

"이 작은 책은 언제나 나보다 크다."

간혹 책을 읽다가 좋은 문장을 만나게 되면 '어떻게 자신의 생각을 이런 문구로 표현할 수 있을까?'하는 생각이 든다. 저 문장처럼 우리가 읽는 책은 자신의 손바닥 크기에 불과해도 그 안에 담긴 내용은 가늠하기 어려울 정도로 크다. 그 자리에 서서 한참 글귀를 곱씹어보면서 내린 결론은 다음과 같다. 책은 분량과 크기, 디자인이 중요한 것이 아니라 그 안에 담긴 한 줄의 소중한 내용이 그 책의 크기를 가늠하게 만든다고.

## 정지된 시간 속에서 미래를 그리다

혹 서점 방문을 두려워하는 분들이 있다면, 걱정할 필요 없다. 나도 책을 구입할 때 많은 도움을 받았기에 용기를 내서 방문하면 친절하게 안내해 줄 것이다.

이 작은 책은 언제나 나보다 크다
SUMER

나는 이번 방문에도 책방에 붙어 있는 손 글씨 메모들을 보면서 책을 구입했다. 그리고 자연스럽게 책방지기와 이야기를 나누었다. 책방을 여행하는 이유를 설명하고 내부 사진 촬영 등에 대한 허락을 구하고, 이곳에 대한 궁금한 점을 물어보았다. 책방지기는 관심과 응원을 보내주면서 더불어 책방의 2층도 구경해 보라고 권해주었다. 2층은 책을 구입한 후 편하게 읽을 수 있는 곳이었다.

2층에 올라서는 순간 창문을 통해 과거의 모습과 미래의 모습이 교차하는 듯한 경험을 했다. 책방 내부에서 보는 바깥은 시간의 흐름이 빠르게 지나가는 듯 보였다. 안쪽은 3·10학생독립만세운동의 시간이라면, 외부는 격동의 시간을 지나쳐서 평온함을 찾은 분위기였다. 특히 2층은 사람들이 바쁘게 살다가 잠깐 시간적 정지를 경험하면서 앞으로 어떤 세상이 다가올지 그려볼 수 있는 장소로 느껴졌다. 미래가 궁금한 사람들은 〈오래된 미래〉 책방의 2층으로 올라가 이런 느낌을 직접 경험해보면 어떨까.

## 깊이는 어디에서 오는가

우리는 보이지 않는 강요에 시달리며 살고 있지는 않은가? 주변에서 오는 압박감이나 타인의 시선을 의식하며 움직이는 모습 때문에 절망에 빠지고 있는가? 파트리크 쥐스킨트의 『깊이에의 강요』는 이런 내용을 담고 있다. 한 젊고 유능한 여자 화가의 짧은 인생을 통해 깊이와

앤디 워홀

강요의 차이를 조명하고 있다. 이 책은 짧은 에피소드로 구성되어 있다. 깊이가 있으면서 분량이 짧은 책이 있다면 바로 이 책이다.

화가인 여주인공은 타고난 재능은 훌륭하지만, 그녀의 작품에 깊이가 없다는 주위의 말에 동요되어 한순간 무너져 죽음에 이른다. 이 책을 읽으면서 과연 깊이는 어디서 오는 것인지, 많은 생각이 들었다. 우리도 비슷한 상황 속에서 방황할 때가 있다. 학창 시절 열심히 공부해도 점수가 오르지 않아 실망했고, 직장에서 열심히 일했지만 다른 사람에게 밀려서 자신의 재능을 탓하기도 했다. 이런 일들은 모두 '비교'에서 오는 것이다. 나 또한 소신에 따라 산다고 생각했지만, 주변의 시선과 조언에 무너져 내리는 모습이 책 속의 여자 주인공과 별반 차이가 없었다.

우리는 타인으로부터 이런 이야기를 종종 듣게 된다. "시간을 아껴라, 행복하게 살아라, 열심히 공부하면 네가 좋은 것이다, 조금만 더 하면 목적지가 보인다, 성공하는 삶은 자신과의 싸움이다." 등 좋은 말들이지만 내가 원하는 조언인지 되묻고 싶다. 어쩌면 이런 말들도 강요처럼 느껴질 수 있다. 정보의 홍수, 능력 사회…… 이러한 세상에서 우리는 자연스럽게 '경쟁'을 강요받고 있다. 하지만 우리는 '존엄한 가치'를 가지고 태어났다. 특별한 사람에게 주어진 것이 아닌 모든 인간에게 주어진 것이다. 그럼에도 우리는 생존 경쟁에서 이기기 위해 깊이를 강요받고 있다.

그 사람이 가지는 고유한 가치는 누구도 강요할 수 없다. 그렇다면 깊이는 어디서 올까? 우리는 자신도 모르게 타인의 말 한마디에 굴복하고 있다. '나'라는 사람의 깊이는 자신이 만들어 가는 것이지 누리꾼에 의해 결정되지 않는다. 개인이 가지는 모든 재능의 깊이는 '나'로부터 시작된다는 점을 잊으면 안 된다. 그로 인해 나에 대한 깊이도 자연스럽게 따라오게 된다.

## 당신이 살아온 과정 자체가 당신의 깊이

어떤 삶을 살고 싶은가? 만약 이런 질문을 한다면 쉽게 대답하지 못할 것 같다. 물론 나는 행복하게 살고 싶고 지금 이후 더 편하게 살겠다고 대답할 것이다. 하지만 이 대답은 솔직하게 내면에서 나오는 대답이 아니다. 왜냐하면 나는 현실에 직면한 상황에 좌우되거나 불확실한 미래로 인해 행복하다기보다 힘들다고 느낄 때가 많기 때문이다. 나는 시간의 조정자도 아니고, 주변 환경을 바꾸는 능력도 없다. 그래서 내 삶에 대해 담보할 수 없다고 생각한다. 너무 회의적인가? 하지만 솔직한 심정이다.

그렇다면 우리는 어떤 세상에 살고 있을까? 우리의 삶이 과거보다 윤택해진 것은 사실이다. 하지만 우리는 자신도 모르게 더 많은 압박을 받고 있다. 유아기부터 노년기에 이르기까지 생활의 압박, 자식에 대한 지원의 압박, 학생들은 공부에 대한 압박으로 자신의 진정한 깊이를 모르고 살아간다. 우리는 살아남기 위해 눈치 보며 맹목적으로 암기하며 살고 있을 뿐이다.

이 책과는 짧은 조우였지만 깊이와 강요에 대해 여러 생각을 할 수 있었다. 물론 여기에 쓴 내용도 독자들에게 강요가 되어서는 안 된다.

'깊이에의 강요'는 시기와 질투의 경쟁에서 오는 풍토라고 본다. 누군가에게 강요한다는 것은 그만큼 자신에 대한 확신이 없다는 증거이다. 지금의 모습이 실망스러워도 최선을 다했다면 괜찮다. 이 세상에 나보다 더 월등한 사람들이 많다고 해도 실망할 필요가 없다. 왜냐하면 자신이 살아온 과정 자체가 깊이를 만들어 주고 있기 때문이다.

이 글을 쓰는 나 또한 즐거우면 된 것이다. 타인에게 내가 다녔던 장소를 자랑하기 위해 보여주는 것은 별 의미가 없다. 그것은 시간 낭비고 자신을 또 글쓰기의 경쟁으로 몰아넣는 행위밖에 안 된다. 단지 내가 원해서 떠난 책방 여행은 자연스럽게 내 안에 녹아들어 나 자신의 깊이를 더해줄 것이다.

# 제주스러운 책방을 만나고 싶다면

〈이후북스〉는 제주목 관아 맞은편 골목에서 간판을 볼 수 있었다. 이곳을 방문하기 전에 다른 책방을 힘들게 찾아갔었는데, 문이 닫혀 있어서 실망한 상태였다. 〈이후북스〉는 한결 수월하게 찾을 수 있었다. 방문한 날이 화요일이었는데 사람들로 북적였다. 제주를 방문해서 서점 여행을 하는 사람들, 책이 좋아서 방문한 사람들이 생각보다 많아서 놀라웠다. 이미 널리 알려진 곳인 듯했다. 내부는 70, 80년대의 가정집을 수리해서 사용하고 있었는데, 그 시대의 흔적을 고스란히 간직하고 있는 분위기였다.

특히 이곳은 독특한 책들이 많다는 점에서 매력적으로 다가왔다. 이번 책방 여행을 통해서 독립 서점에 대해 알아보는 기회가 되었다. 간략하게 차이를 살펴보면 일반 서점과 독립 서점은 책의 종류를 선택하는 기준과 취향이 달랐다. 일반 서점은 대중적 선호에 더 강조점을 둔다면 독립 서점은 책방지기들의 관심 분야나 동네 주민들과 공유할 수 있는 책을 더 선호했다. 책방도 시대의 흐름에 민감하게 변화하고 있다는 생각이 든다. 과거의 서점은 동네보다는 시내 중심에 있었고 점차 대형화하는 추세였다.

요즘은 오히려 대형화를 벗어나서 동네에서 접근이 쉬운 곳에 자리잡고, 그 안에서 커뮤니티를 형성하는 데 중점을 두는 것 같다. 이런 부분은 개인적으로 긍정적인 변화라고 본다. 그만큼 책방이 친근하고 휴식을 채우는 공간으로 자리하고 있었다.

## 여행지에서 책방지기로 일하기

〈이후북스〉에서는 제주만의 특징이 있는 책들을 만날 수 있었다. 그중에서 눈에 들어온 것은 예쁜 그림으로 제주 생활을 소개하는 표지의 책이었다. 혹시 이곳에 방문해서 이 서점에서만 출판되는 책들을 관심 있게 살펴본다면, 흥미 있는 책들을 많이 만날 수 있을 것이다. 마치 『전천당』이라는 판타지 소설에서 나오는 과자가게와 비슷한 분위기를 이곳에서 느낄 수 있었다. 어디선가 곱게 차려입은 책방지기가 나타나서 내가 원하는 책과 1999년 2월에 발행된 100원짜리 동전을 교환하자고 할 것만 같았다.

이곳에서 만난 일일 책방지기는 소설 속에 등장하는 인물과는 달랐

다. 오히려 더 소설 같은 삶을 사는 분이었다. 그녀는 제주 여행 중에 책방 아르바이트를 하고 있었다. 순간 나와 비슷한 여행자를 만났다는 반가움이 들면서 그 열정이 부럽기도 했다. 그녀가 우도에 있는 책방도 소개해 주었으나, 방문하지는 못했다. 잠깐의 대화였지만 이런 생각이 스쳐 지나갔다. 여행을 다니면서 전국의 책방에서 일일 책방지기를 하거나, 동네에서 '나만의 책방'을 만들어보는 것은 어떨까? 생각만 해도 재미있을 것 같다.

## 나스러운 날들을 즐기는 방법

나는 '제주'와 관련된 책을 구입하고 싶었다. 마침 〈이후북스〉에서

『제주스러운 날들』을 만날 수 있었다. 우선 표지와 삽화들이 마음을 끌었다. 이 책은 저자의 제주 정착기를 예쁜 삽화로 보여주는 레시피(recipe) 같은 느낌을 준다. 타지에 정착한다는 것은 쉽지 않다. 달라지는 생활 방식, 새로운 사람과의 만남, 익숙했던 공간의 변화 등 낯선 생활 환경에 대한 노력을 기울여야만 한다. 강민경 저자는 낯선 곳에서 어려움을 극복하는 방법들을 계절별로 정리해서 전달해 준다.

책의 첫 페이지를 열면 "같은 듯 다른 초록이 가득한 밭을 걸어보자." 라는 문장을 만날 수 있다. 우리의 일상도 이와 별반 차이가 없는 듯하다. 이 문장에서 문득 이런 생각을 해본다. 나다운 시간을 지금 있는 곳에서 살아가고 있는 걸까? 나는 이미 익숙한 일상에서 생활하면서 그 일상에 만족하고 있는지, 아니면 불만에 가득 차서 한숨만 내뱉고 있는지.

우리의 시간은 다른 이의 시간과 별반 차이가 없다. 같은 시간이지만 일상은 분명한 차이를 드러낸다. 저자와 같은 사람들은 자신만의 방식으로 시간을 만들어가고 있다. 삶의 방식을 어떻게 가꾸어 가는가에 따라 '자신만의 ~스러운 날들'이 바뀌게 된다.

저자의 표현대로 『제주스러운 날들』은 제주의 방식에 맞게 자신을 맞춰가면서 자신의 것으로 바꾸어 가는 삶의 나날들을 보여주고 있다. 그렇다면 내가 속한 장소에서 나만의 레시피를 만들어가는 것도 '나스러운 날들'을 즐기는 방법이 아니겠는가?

## 하찮은 일상에 새로움을 부여하다

봄, 여름, 가을, 겨울이 똑같은 것 같지만 그때마다 다른 느낌을 주면서 변하고 있다. 눈에 띄는 변화는 아니어도 봄과 다른 분위기를 만들면서 여름이 오고 있다는 신호를 준다. 얼마나 지혜로운 방법인가? 우리는 지나치게 획기적인 변화에 목말라하고 있다. 자신이 변화되길 바라면서 노력했지만 '작심삼일'이 되는 경우 실망에 빠져서 포기하는 경우가 있다. 이런 것도 자연스러운 일상으로 받아들이고 또 다른 날을 깨워보는 것이다.

일상에서 하찮다고 여겨지는 것들을 되돌아보고 다시 일으켜 세워봐야겠다. 나도 모르게 허비하는 시간, 매일 만나는 가족, 어제 본 지인들, 업무로 인해 자신을 돌보지 못하는 날들이 반복될지라도 그 일상에 새로움을 부여해 본다. 그런 일들이 반복되면 자신도 모르게 단지 일상이었던 것들이 '일상스러운' 것으로 바뀔 수 있다. 이제 '나스러운' 날들을 위해 어제의 아쉬움을 뒤로 하고 아직 오지도 않은 내일의 걱정도 접어두고 현재에 집중하면서 나만의 시간으로 가꾸어 나가야겠다.

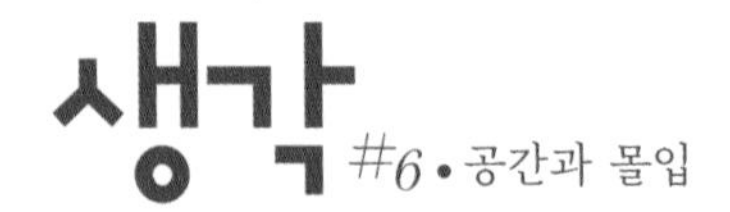


## 마로니에 언덕 위 숨어 있기 좋은 책방

혜화동 대학로는 오래전부터 연극의 메카였다. 마로니에 공원을 중심으로 여러 공연장이 모여 있기 때문이다. 과거 대학로에는 지금 관악구에 있는 서울대학교 문리대와 법대 그리고 의대가 자리 잡고 있었다. 이곳은 여전히 많은 젊은이가 모이는 곳으로 핫플의 명성을 그대로 유지하고 있다. 그 한쪽에 아담하지만 감성적인 독립 서점이 있다니, 기대를 품고 혜화역에서 내렸다.

대학로에는 여러 갈래의 골목 사이로 예쁜 건물들이 자리 잡고 있어서 볼거리들이 많았다. 지도 앱을 켜고 독립 서점을 찾는데 지루할 틈이 없었다. 여기까지 온 김에 마로니에 공원도 한 바퀴 돌고 나니, 방송통신대학교가 눈에 보였다. 젊은 학생들이 에코백과 책을 들고 지나가는 모습에서 전형적인 대학생의 모습이 보여서 내심 반가웠다.

방송통신대학교를 지나, 지도 앱의 화살표는 점점 독립 서점 근처로 향하고 있는데도 도저히 서점을 찾을 수가 없었다. 저 멀리 초록색 지붕이 눈에 띄기는 하는데 자신이 없었다. 그래도 왠지 저곳이 내가 찾는 서점인 것 같아 가까이 가보니, 다행히 <공간과 몰입>이 맞았다.

서점은 작은 공간에 없는 것이 없었다. 심플한 공간에서 손님들이 책을 보고 있었다. 책방지기는 있는 듯 없는 듯 조용히 자리를 지키고 있었다. 손님이 책방지기로 느껴질 만큼 주인의 모습은 눈에 띄지 않았다. 책방지기를 의식하지 말고 책을 자유롭게 읽어도 좋다는 배려가 보이는 듯했다.

이곳을 방문한 이유를 책방지기에게 말했다. 그녀는 선뜻 반갑게 맞아주고, 책방을 마음껏 볼 수 있게 해주었다. 책상과 의자의 배치, 책과 노트의 어울림 그 어느 하나 부족함이 없었다. 책방지기의 꼼꼼함이 엿보이는 사진도 한 장 찍었다. 책상 위에 놓인 연필과 노트, 그 안에 적힌 글 그리고 나란히 놓인 의자를 사진에 담아, 이 서점의 추억을 고스란히 저장해 두었다.

## 대학로의 연인들과 연애 책 한 권

연인이라면 한 번쯤은 연극을 보러 대학로에 와 봤을 것이다. 물론 다 그렇지는 않겠지만. 어쨌든 연인들이 눈에 많이 띈다. 그래서인지 나도 모르게 연애 이야기 책이 눈에 들어왔다. 『비트코인보다 여자친구』

(수박와구와구 저.)라는 책이었는데, 화려한 색감의 표지가 시선을 끌었다. 목록의 첫 소제목은 "키 큰 여자, 키 작은 남자"다. 여자가 남자보다 키가 커서 남자는 늘 여자친구와 키를 맞추기 위해 키 높이 구두를 신고 다닌다는 내용이다. 남자가 키 높이 구두를 신어도 여자친구가 훨씬 크지만.

키 높이 구두는 상대방의 키를 맞춰주는 역할을 한다. 상대방에게 다가가기 쉽게 만들어 주기도 한다. 소중한 이의 조건을 이해하고 맞춰주기 위한 키 높이 구두의 의미가 새삼 다르게 다가온다. 키 높이 구두는 우리의 욕망을 채우는 수단에 불과한 것일까? 키 높이 신발 없이 그녀에게 다가가는 데는 한계가 있는가? 우리의 허전한 욕망의 그릇에 키 높이 구두가 무언가를 채워주는 것인가? 어쩌면 우리는 그 구두를 보면서 정형화 되어버린 욕망의 기준에 대해 한 번쯤 생각해 봐야 하지 않을까?

## 타자의 욕망에 자신을 길들이다

과거 코르셋은 유럽에서 매우 인기를 얻었다. 당시 여성들의 아름다움과 우아함을 드러내고, 동시에 사회적 신분까지 나타내는 중요한 요소였다. 코르셋이 높은 인기에 힘입어 대중화되면서 여성들에게는 없어서는 안 될 의상 중 하나가 되었다.

그러나 코르셋은 허리를 꽉 조여 건강에 나쁜 영향을 주기 시작했다. 이후, 코르셋은 여성들의 허리에 문제를 일으키고 건강상 해롭다는 이유로 인기를 잃어갔다. 대중에게 외면당한 코르셋은 따가운 시선에서 자유롭지 못했다.

코르셋은 여성에게 아름다움을 선사하는 기능성 옷이었지만, 그 옷은 또다시 여성의 몸을 구속하고 억압하는 도구가 되었다. 이제 여성들은 코르셋의 압박에서 해방되고, 더 이상 어느 특정한 유행에 구속되지 않으며 자신에게 잘 어울리는 옷을 입을 수 있게 되었다.

그런데 과연 우리는 정말 코르셋의 억압에서 해방되었는가? 여전히 우리는 언론이나 잡지에 등장하는 표준화된 욕망 그리고 모범 답안과 같은 신체적 조건들에 길들여지고 있는 건 아닌지 깊은 의구심이 든다.

# 생각 #7 • 우연과감상

## 지적 유희로 넘쳐나는 공간

오늘은 서울 동쪽의 끝자락으로 발걸음을 옮겼다. 서울어린이대공원 근처에 가보고 싶은 서점이 있어서 주저없이 에코백을 메고 나섰다. 서점에 가는 길이라서 큰 가방이 필요하지는 않다. 무더운 여름, 생수 한 병과 에코백이면 충분하다. 거기에 지도 앱이면 더 이상의 요구조건은 없어 보인다. 가장 필요한 선행조건을 말하자면, 책을 좋아하는 마음만 있으면 된다.

서울에 살면서 광진구에 올 일은 거의 없었다. 서점 여행 덕분에 나의 활동 반경이 넓어질 것 같은 기대감이 생긴다. 광진구에 첫발을 내딛게 되는 순간이다. 어쩌면 오늘 가는 곳을 이유로 앞으로 광진구에 자주 가게 될지 두고 볼 일이다.

낯선 곳을 방문할 때면 늘 같은 생각이 드는데 그것은 '어디를 가도 사람 사는 모습은 똑같다'는 것이다. 서울 그 어디를 가도 사람들이 붐비기는 매한가지다. 지하철 5호선 아차산역에서 내려서 광진구의 소문난 책방 〈우연과감상〉을 찾기 위해 지도 앱을 열었다. 더위에 갈증이 심해 마시다 남은 생수를 그 자리에서 다 비우고, 초록색 간판이 있는 곳을 찾아 분주하게 움직였다. 저 멀리서 초록색 책방, 〈우연과감상〉이 눈에 들어왔다. 서서히 안도감이 돌기 시작했다.

## 인문학에 대한 뜨거운 관심

첫눈에 '초록색 책방'이라고 이름을 붙여 주고 싶었다. 초록빛 간판이 눈에 띄어서 서점 밖에서 사진부터 한 장 찍었다. 그러고 나서 아담해 보이는 서점 문을 두드렸다. 들어가자마자 눈에 띈 것은 벽에 붙어 있는 두 장의 연대표였다. 하나는 역사의 흐름을 보여주는 연대표였고, 또 하나는 철학사 연대표였다. 책방지기가 평범한 사람이 아니라는 것을 대번에 알아차릴 수 있었다.

첫 대면에 책방지기가 반갑게 맞아주었다. 나는 철학사와 역사 연대표에 관해 궁금한 것을 조심스럽게 물었다. 그는 철학사와 역사에 관심이 많아서 열심히 배우려 한다는 속마음을 내비쳤다.

나는 서가를 여기저기 둘러보다가, 『정의란 무엇인가』라는 책을 발견했다. 전시된 책은 책방지기의 관심사와도 무관하지 않을 텐데, 인문학 책들이 많아서 인상적이었다. 아마도 책방지기가 인문학에 조예가 깊

MEGAZINE 책장
홍콩
창작과 비평
장 주네 —
사형을
언도받은 자 /
외줄타기
곡예사

우연과감상
책방

지 않을까, 하고 조심스레 추측해 본다.

책방지기는 과거 한때 출판사에 몸담았다고 한다. 그래서인지 서점에는 다양한 주제의 책들로 가득 차 있었다. 그는 이곳을 일반 서점의 기능과 독립 서점의 기능을 동시에 가진 곳으로 꾸미고 싶어 했다. 인문학과 철학 그리고 문학과 다양한 분야의 책들이 서가에 꽂혀 있었고, 독립 출판물들도 비치되어 있었기에 내 눈에는 그 기능을 모두 갖춘 것으로 보였다.

마침 서점을 방문한 시간에 한쪽에서는 사람들이 모여 독서 토론을 하고 있었다. 그래서 책방지기와 긴 이야기를 나눌 수는 없었다. 책방지기도 함께하는 토론인 것 같은데 내가 방해되고 싶지 않아서 대화를 일찍 끝냈다. 다만 독서 토론이 이루어지는 작은 방을 사진으로 담아

오고 싶었는데 그게 아쉬웠다. 고맙게도 책방지기가 나중에 그곳의 사진을 보내주기로 했다.

## 인류사를 만들어낸 첫 활동, 놀이

철학을 전공한 나에게 이 서점에는 읽을거리들이 넘쳐났다. 그중에 눈에 띄는 책이 한 권 있었다. 도서관에서 읽어보고 싶었던 『호모 루덴스』이다. 유희적 인간, 놀이를 즐기는 인간 존재와 그 행동 양식의 본질을 파헤치는 책이다. 그 책을 보는 순간 주저없이 구입했다. 도서관에 가면 늘 빌려오고 싶었지만, 매번 대출 중이어서 지금껏 못 빌리고 있던 터라 주머니를 털어 책을 샀다.

저자인 요한 하위징아는 인간의 놀이에 대해 인간 활동의 다양한 요소들 즉 예술, 법률, 종교적 의식, 철학, 경제 등 여러 다양한 곳에서 발견된다고 말한다. 그는 인간의 유희적 활동인 놀이가 단순히 여가를 보내는 활동을 의미하지는 않는다고 말한다. '놀이'는 아주 원시적 형태에서부터 시작되었다고 덧붙인다. 과거 생존을 위한 사냥에서도 인간의 놀이 문화가 발견되었다. 놀이는 인류사를 만들어낸 첫 활동이며, 인간의 삶과 경험의 중심에 놓여 있다고 보았다. 인류에게 놀이는 단순한 유희가 아니라 삶 그 자체라고 말이다.

## 배가 고파야 놀이를 멈추던 단순한 시절

초등학교 시절, 학교에서 수업을 마치고 돌아와서 책가방을 던져놓고 친구들과 어디론가 놀러 간다. 그곳이 어딘지 지금은 기억나지 않지만, 그때 그 시절에는 학원에서 공부하기보다 놀러 다닌 기억이 더 많았다. 학교 수업을 마치고 놀러 나가도 엄마가 만류하지는 않았다. 그 시절에는 그랬었다. 공부가 중요하지 않은 때가 어디 있을까 싶기도 하지만, 그 시절은 공부보다 열심히 놀고 건강한 것만으로도 부모님을 충분히 기쁘게 해 드릴 수 있었다.

어릴 적 친구들과 놀면 시간이 가는 줄 몰랐다. 저녁 해가 지고 어둠이 깔리기 시작하면 그제야 저녁을 먹으러 가려고 놀이를 멈춘다. 배가 고파야 노는 것을 멈추는 단순한 시절이었다.

저녁이 되어 배가 고파서 친구들과 헤어지고 집으로 오면 엄마는 맛있는 저녁을 차려 놓고 아이들을 기다리고 있었다. 그때는 다들 그렇게 살았다. 물론 학원에 대해 전혀 무관심하지는 않았다. 중학교에 들어가면서 학원이라는 또 다른 스케줄이 기다리고 있어서 초등학교 시절의 그 유희적 시간은 줄어들 수밖에 없었다. 어릴 적에는 친구들과 아무런 이유 없이 '노는 시간'이 그렇게 즐거웠다. 지금 생각하면 하나도 즐거울 것이 없어 보이지만, 노는 것은 그냥 즐거웠다. 인간이라는 존재에게 유희와 노는 것은 가장 원초적인 것과도 연결되는 것 같다.

'놀이'는 바쁜 일상에서 잠시 쉬어가게 해주는 쉼터이다. 놀이라고 해서 꼭 무언가를 해야 하는 것은 아니다. 놀이는 현대인들에게 '쉼' 또는 '쉬어감'이다. 열심히 일하고 공부하는 것도 중요하지만, 열심히 노는 것도 중요하다.

그렇다면 현대인들의 놀이문화는 어떤가? 딱히 놀이라고 해서 도구를 사용하거나 특정한 장소에 구애받는 놀이는 없었던 것 같다. 내 경우, 주말이 되면 광화문이나 신촌으로 놀러 간다. 그냥 시간 때우기일 수도 있다. 신촌 대학가를 걷고 때로는 대학 캠퍼스를 걷는다. 시청과 광화문에 가면 덕수궁이나 광화문 대로를 걷는다. 걷다가 커피 한 잔을 테이크 아웃해서 다시 발걸음을 옮기기도 한다. 그것이 나에게 유일한 유희였다. 이제는 독립 서점을 찾는 것도 하나의 유희가 되었다. 다른 이들은 어떤 놀이문화를 즐기고 있으며 그들에게 놀이는 어떤 의미인지, 무척 궁금해진다.

# 서점이지만, 책을 빌려드립니다

서울 도심에는 많은 번화가들이 있다. 여기저기 우후죽순 핫플이 생겨났다 시들해지기도 하지만 그럼에도 전통적인 핫플, 홍대의 명성은 아직도 유효하다.

주말 오후, 홍대입구역에서 빠져나오자 젊은이들로 발 디딜 틈이 없었다. 무더운 여름 땡볕에 사람들이 거의 없을 거라고 예상했지만 그것은 나의 착각이었다. 장마철 구름 사이로 잠시 나온 뜨거운 햇살도 오늘의 목적지인 〈독서관〉에 가고 싶은 열망보다는 뜨겁지 않았다. 이곳은 큰 도로변에 놓여 있어서 다른 서점들에 비해 쉽게 찾을 수 있었다. 핫플의 대명사, 홍대를 지키고 있는 〈독서관〉은 과연 어떤 곳일지, 기대가 몰려왔다.

책 판매보다 책이 많이 읽혀지는 것이 목적

입간판을 보자마자, 저곳이 <독서관>이라는 것을 알게 되었다. 유리창으로 비친 서점의 모습이 꽤 인상 깊었다. 규모는 작았지만 내부가 깊었다. 지금껏 많은 서점을 방문했는데, 이곳 또한 단정하고 깔끔했다. 안으로 들어갔더니, 엄마와 아이가 책을 고르고 있었다. 너무 조용한 나머지, 적막을 깨고 싶지는 않았지만 저 뒤에 앉아 있는 책방지기에게 말을 건넸다.

차분한 인상의 책방지기가 "어서 오세요." 하고 인사하는데 그 간단한 인사에서 따뜻함이 느껴졌다. 이곳을 소개해 달라고 요청했더니, 그는 자신의 추억의 책장을 넘기기 시작했다. 그는 원래 독립출판사 작가로 활동을 했다고 말해 주었다. 이곳을 서점 겸 사무실로 사용하면서 독립서적을 모으기 시작한 것이었다. 그에게 나름의 철학이 있어 보여서, 이 서점을 운영하게 된 계기도 물어보았다. 그는 "독립출판 문화 그 자체를 독자들에게 알려주고 싶다."고 했다. 그의 말이 마음에 와닿아, 나도 모르게 고개를 끄덕였다.

이 서점에서 가장 눈에 띄는 것 중의 하나가 학교 도서관처럼 책에 바코드가 붙여져 있었다는 점이다. 학교 도서관의 바코드는 대출을 위해 책 정면에 붙이는데, 이곳의 책에는 왜 바코드가 붙여져 있는 걸까. 그에 관해 물었더니, 책방지기는 이곳에서도 손님들에게 책을 대출해 준다고 했다.

이 서점의 키워드를 한 단어로 표현하면 '대출'이다. 세상에, 독립 서점에서 책을 대출해 준다고? 책방지기는 손님 누구에게나 책을 대출해 준다고 말했다. 책 판매도 중요하지만, 많은 사람에게 책이 읽혀지는 게 목적이라고 했다. 더 자세히 묻지는 않았지만, 독립출판사에서 출간한 책을 독자에게 소개하고 읽혀지게 하는 게 목적이라니, 멋진 책방지기다.

또한 〈독서관〉은 공간을 활용하는 부분에서 단연 최고다. 서점 공

간이 세로로 긴 직사각형 형태이지만 서가를 둥근 아치 스타일로 배치해서 답답하지 않고 부드러운 느낌을 주었다. 책방지기에게 이 공간은 어떻게 탄생했는지도 물어보았다. 그는 종로에 있는 정독도서관뿐만 아니라 다른 여러 도서관에 방문했던 경험이 도움이 되었다고 말했다. 공간 대비 최대한 많은 책을 전시하고 싶다는 바람으로 이렇게 구상하게 되었다고 전했다.

ARGIELA
복각전
군산북페어
GUNSAN BOOK FAIR
24.8.31–9.1
군산회관
BOOKS FOR SALE SAIL FOR BOOKS
제9회
청년이야기대상
마포아트센터 음악감상실
악공간
11.27 | 13:00–17:00
LOOP
잉여의 변증법
residual
2024.6.7–7.20
TRANSMISS

## 카이로스의 시간과 크로노스의 시간

이곳저곳을 둘러보니, 한 권의 책이 눈에 들어왔다. 진선이 저자의 『일상의 안녕, 오늘이 가장 좋은 날』이라는 책이다. 저자가 평범한 하루 속에서 느낀 단상을 적어 내려간 글이었다. 이 책에서는 새벽, 아침, 오후, 저녁으로 시간을 설정한다. 새벽의 느낌 그리고 아침과 저녁의 느낌을 각각 기록한다. 단순해 보이지만 서로 다른 시간에 느낌 또한 다르다.

저녁이나 새벽에도 출근 준비를 할 수 있지만, 일상적으로 대다수 사람은 아침에 출근 준비를 한다. 그게 '일상'이라고 저자는 말한다. 일상은 남들이 다 하는 시공간의 여정이다. 그러면 일상의 가치는 우리에게 어떤 의미를 던지고 있을까?

일상의 시간 그리고 특별한 시간, 이 두 시간의 서로 다른 의미가 있다. 우리는 늘 특별하고 의미 있는 시간과 삶을 인생의 목표로 삼는다. 그러한 시간을 '카이로스'라고 부른다. 특별한 시간은 오랫동안 기억에 남는 법이다. 그 기억이 좋든 싫든 각자에게 의미 있는 시간은 쉽게 지워지지 않는다. 그런 의미의 시간, 카이로스는 누구나 한두 개쯤은 가지고 있다. 시간의 개념에는 카이로스와 또 다른 의미의 '크로노스'가 있다. 이 시간은 일상적인 하루, 어제와 오늘의 시간을 말한다. 물리적인 시간 즉 봄, 여름, 가을 그리고 겨울처럼 평범한 일상의 시간을 의미한다.

그런데 사람들은 일상적 시간인 크로노스의 시간은 쉽게 잊는다. 아니 쉽게 잊힌다. 누구나 할 것 없이 일상적인 어제와 오늘의 시간은 대수롭지 않게 잊고 살아가는 게 우리들의 삶이다. 그럼 그런 일상은 카이로스보다 덜 귀한 것인가? 일상적인 하루의 시간은 큰 의미를 가지지 못하는가?

우리가 잊은 게 하나 있다. 카이로스, 특별한 시간은 일상적인 크로노스의 시간이 존재하지 않으면 아니, 크로노스의 시간이 뒷받침해 주지 않으면 결코 만들어지지 않는다. 특별한 시간이 다가오는 것은 하루하루를 의미 있게 그리고 소중하게 지내왔기에 가능한 것이다. 그런 점에서 카이로스보다 크로노스의 시간을 어떻게 보내느냐가 더욱 중요하지 않을까? 우리에게 크로노스는 어떤 의미를 주는지 생각에 잠겨 본다.

접는 글

# 특별한 공간에서 누리는 색다른 사유 여행

독립 서점 여행을 시작하게 된 계기는 책을 쓰기 위한 것, 교양 있는 모습을 보여주기 위한 것이 아니라 온전히 호기심 때문이었다. 그 여행을 통해 '나'에 대한 불확실성을 극복해 보고 싶은 마음이 컸다. 그래서 독립 서점들을 따라 무작정 떠나게 되었고, 그곳에서 책을 찾게 되었다.

여행이 순조롭지만은 않았다. 서점을 방문했는데 폐업한 곳도 있었고, 네이버에 올린 공지 사항과 달라서 다시 돌아왔던 경우, 독서 모임 중이어서 발걸음을 돌린 경우도 있었다. 서점이 소개되는 것을 꺼리는 경우도 있었다. 여행이 내가 원하는 대로 이루어졌다면 편했겠지만 그런 사소한 뒤틀림도 여행의 일부였다.

그리고 가장 소중한 경험은 책방지기들을 만날 수 있었던 것이다. 그들은 책을 사랑하는 사람들이었고, 지역 공동체에서 주민들과 소통하는 문화 만들기를 꿈꾸었으며, 사람들에게 쉼을 제공하기 위해 공간을 디자인하는 사람들이었다. 어쩌면 나는 그들에게 낯선 사람이었고, 스쳐 지나가는 방문자였을 뿐인데 진심을 담아 환영해 주었고, 아낌없는 응원을 보내주었다.

유난히 무더웠던 여름, 독립 서점 여행으로 색다른 시간을 보냈다. 시간의 여유가 많아서 방문한 것이 아니라 마음먹고 여행을 시작한 것이었다. 서점을 따라 움직였고 그 안에서 책을 찾아보았고, 그 책을 토대로 생각을 다듬어보았다. 그리고 그 생각을 독자들과 공유하고 싶었다. 혹시 여행을 계획한다면 서점 여행도 일정에 추가해 보면 어떨까. 여행지 근처에 서점이나 책방이 있다면, 방문하는 것도 서점 여행이 될 것이다. 거창하게 계획 세울 필요 없이 가까운 동네 책방을 다녀와도 좋다.

우리에게 서점 여행은 '여행이었고, 책을 만나는 시간이었고, 생각하는 시간이었다.' 자신을 발견할 수 있는 소재들을 찾아 떠났던 여행. 이제 이 책으로 그 길을 다시 떠나본다.

김은우

* 강민경(2020).『제주스러운 날들』. 낯선제주.
* 강지나(2023).『가난한 아이들은 어떻게 어른이 되는가』. 돌베개.
* 강진이(2023).『행복이 이렇게 사소해도 되는가』. 수오서재.
* 고병권(2023).『생각한다는 것』. 너머학교.
* 김민주 · 김태우(2023). 『OSAKA CHECK IN』. ABUNDANT.
* 김소연(2019).『사랑에는 사랑이 없다』. 문학과지성사.
* 김영글 외 8인(2020).『나는 있어 고양이』. 돛과닻.
* 니코스 카잔차스키(2019), 이재형 역.『그리스인 조르바』. 문예출판사.
* 김이환(2023).『더 나은 인간』. 위즈덤하우스.
* 김준철(2018).『2박 3일간의 지리산 여행』. 구름마.
* 김찬휘 · 김형진 외 1(2024).『같은 장소 다른 추억』. 인라우드.
* 문이영(2022).『우울이라 쓰지 않고』. 오후의 소묘.
* 바바라 스톡(2019).『반고흐와 나』. 미메시스.
* 박용희(2020).『낮 12시 책방 문을 엽니다』. 꿈꾸는 인생.
* 송길영(2023).『시대예보; 핵개인의 시대』. 교보문고.
* 수박와구와구(2022). 『비트코인보다 여자친구』. 사적인사과지적인수박.
* 스티븐 코비(1994). 『성공하는 사람들의 7가지 습관』. 김영사.
* 요한 하위징아(2018).『호모 루덴스』. 연암서가.
* 우치다 타츠루(2024).『도서관에는 사람이 없는 편이 좋다』. 유유.
* 이제니(2019).『있지도 않은 문장은 아름답고』. 현대문학.
* 이채현.『내마음의 날씨』. 매곡초등학교.
* 인디고(주)편집부(2022).『질문일기 365』. 인디고(주).
* 장 그르니에(2020).『어느 개의 죽음』. 민음사.
* 정대건(2024).『나의 파란 나폴리』. 안온북스.
* 장 뤽 포르케(2022).『동물들의 위대한 법정』. 서해문집.
* 정재윤(2019). 『서울구경』. 헤엄.
* 존 윌리엄스(2020). 『스토너』. 알에이치코리아.
* 진선이(2024).『일상의 안녕 오늘이 가장 좋은 날』. 새벽감성.
* 최광진(2023).『창조적 인간으로 살아가기』. 현암사.
* 클레어 키건(2023).『이처럼 사소한 것들』. 다산책방.
* 파트리크 쥐스킨트(2020).『깊이에의 강요』. 열린책들.
* 프란트 카프카(2024).『우리가 길이라 부르는 망설임』. 민음사.
* 한병철(2023).『투명사회』. 문학과지성사.
* 한희연(2020). 『여름언덕에서 배운 것』, 창비.
* 홍승은(2023). 『관계의 말들』. 유유.

<책방 사유> 독립 서점 지도

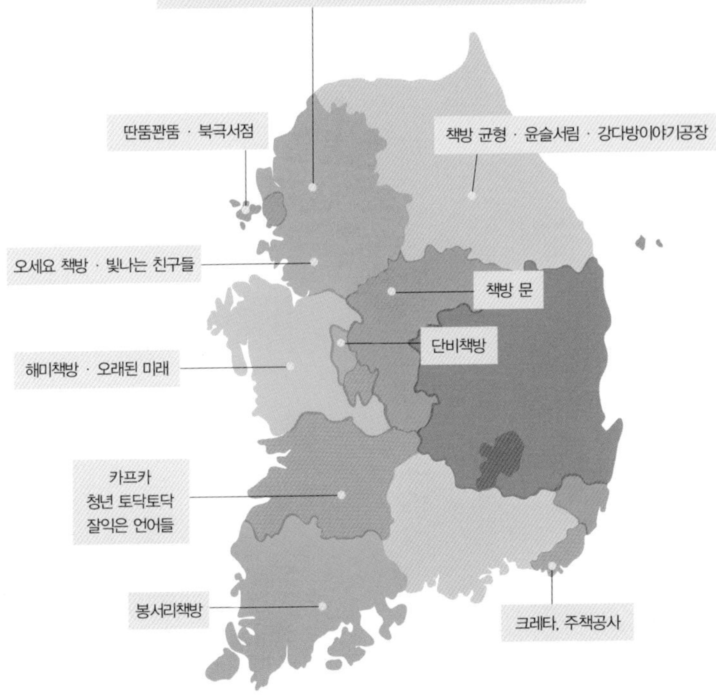

건강책방 일일호일 · 조은이책 · 서사, 당신의 서재 · 개봉책방
여기 서울 149쪽 · 공간과 몰입 · 스타더스트 · 낫저스트북스
책방 파란 · 오케이어 맨션 · 독서관 · 우연과감상 · 비씨지북스
딴뚬꽌뚬 · 북극서점
책방 균형 · 윤슬서림 · 강다방이야기공장
오세요 책방 · 빛나는 친구들
책방 문
단비책방
해미책방 · 오래된 미래
카프카
청년 토닥토닥
잘익은 언어들
봉서리책방
크레타, 주책공사

제주풀무질 · 북케이션 · 이후북스제주점 · 공항서점

# 책방 사유

초판 1쇄 2025년 1월 14일
글 · 사진 김은우, 김광연
편집 김주화

디자인 지유정
마케팅 김지명

펴낸이 옥미향
펴낸곳 도서출판 북심
등록 제2023-000031호(2023년 2월 13일)
이메일 book_sim@daum.net
인스타그램 @book_sim
ISBN 979-11-984157-2-1(03810)